KB143326

음악이 아니고서는

일러두기

음악 곡명은 〈 〉, 앨범명은 《 》로 표시했다.

음악이 아니고서는

김민아 지음

차라리 노래를 듣는
마음에 관하여

글항아리

음악으로 묻는
나와 당신의 안부

오래전 텔레비전 광고를 기억한다. 새벽 4시, 잠에서 깬 남자는 인상을 쓰며 가슴을 쓸어내렸다. 남자가 손을 짚은 가슴께로 동그라미가 나선형을 그리며 커지면 그의 얼굴은 더 일그러졌다.

그때는 한밤중에 찾아오는 통증이 무언지 몰랐지만 시간이 더 흐른 지금은 안다. 새벽에 깨는 일은 꼭 몸에서 비롯되는 것만도 아니었다. 해소되지 못한 낮의 감정들은 몸체를 키워 그 밤에 환영으로 나타났다. 그것들은 제 몸을 공격하는 줄 모르는 류머티즘 염증처럼 못되게 굴었다. 그런 밤이면 팔베개를 바꿔가며 뒤척여도 잠들지 못했다.

잠의 질이 나빴던 게 이유의 전부는 아니지만, 아무것도 아무 말도 하고 싶지 않은 날이 있다. 옷걸이에 걸린 옷이 바닥에 떨어지면 형태를 잃고 납작해지는 것처럼 사람도 허물어져 꼼짝을 못 하겠는 날이 있는 것이다. 그런 날에는 사람 음성이라고는 없는 악기를 오래된 CD 플레이어에 끼운다. 기타, 드럼, 베이스, 클라리넷, 오보에, 리코더, 피아노, 첼로, 바이올린, 색소폰, 트럼펫……. 모든 악기는 존재 자체로 위로지만 그날의 정동에 따라 악기 선택은 달라진다.

아득하게 먼 기억의 공간으로 떠나고 싶다면 트럼펫을 걸면 된다. 바아앙~ 하고, 마일스 데이비스가 그의 앨범 《쿨의 탄생Birth of the Cool》처럼 정말이지 시원하게 불어주면 아주 멀리까지 다녀올 수 있다. 기진맥진한 어느 날에는 리듬 악기를 건다. 베이스 라인이 예쁜 곡에 드럼 비트가 고조되기 시작하면 하얗게 떴던 얼굴에도 혈색이 돌기 시작했다. 그러다가도 사람 목소리가 듣고 싶어지면 주파수를 교통방송에 맞춘다. 아나운서가 아나운서 톤으로 어디가 막히고 어디가 뚫리기 시작한다고 일러주면 차 안에 있는 사람들의 조금은 권태로운 표정이 보이는 것도 같았다.

무엇이든 들어버리는 '막귀'지만 서둘러 충전되고 싶을 때는 고전음악보다 대중음악을 듣는다. 대중적인 내 귀는 장르에 상관없이 한번 들으면 또 듣고 싶어지는 멜로디를 찾아간다. 음악 하는 친구는 이런 나를 '멜로디주의자'라고 부른다.

사람들 가까이에서, 사람들을 향해 기쁨과 슬픔과 애도를

전하는 훌륭한 뮤지션들의 작품은 대체로 『팝송대백과』에 담겨 있다. 책 표지에는 올디스 벗 구디즈oldies but goodies라는 부제도 달려 있다. 표지가 너덜거릴 만큼 떠들어봤으면서도 어릴 땐 별 감흥 없던 '오래된 것이 좋은 것'이라는 이 표현이 이젠 좀 다르게 읽힌다.

오래된 이야기를 너절하게 늘어놓는 사람을 보고 있으면 양가감정이 인다. 오죽하면 저 이야기를 또 하고 있을까, 안쓰러운 마음이 들다가도 더는 못 듣겠는 마음. 그럴 땐 당신이 좋아하는 음악은 뭔가요, 묻고는 가만히 그 곡을 튼 후에 같이 듣고 싶어진다. 노래의 미덕은 상대에게 하소연하지 않아도 그 음악만 들으면 조용히, 혼자서 그 시절에 다녀온다는 데 있지 않을까. 가장 평화로운 방식의 반추라도 해도 좋을 것이다. 좋은 기억은 좋았던 대로 아닌 건 아닌 대로 그 시절 어딘가를 헤매겠지만 그뿐이지 않은가. 애달파도 도리 없으니 한 곡에 푹 젖어 있다 빠져나오면 또 얼마간은 살아진다. 올디스 벗 구디즈는 그러니까 지금, 여기서 다시 살 기운을 주겠다는 말이었다.

이 책은 음악, 그보다는 노래를 다루고 있다. 근자에 만들어진 곡도 있지만 한 시절을 풍미한 곡이 대부분이라 어쩌면 이제는 대중에게 잊힌 노래도 있겠다. 하지만 어려서부터 지금까지 좋아해온 3분에서 10분 안쪽의 이 노래들 덕분에 나는 몹시 힘든 상황과 불면의 밤들을 무사히 건널 수 있었다. 소설가 황정은은 그런 순간을 이렇게 털어놓더라. 하지만 어느 날엔 문득 용기가 사라지고 그런 날엔 소설도 일기도 쓸 수 없다. 그럴 땐 음악의 도움을 받는다. 다른 사람이 애써 만들어낸 것으로 내 삶을 구한다.(『일기』, 창비, 2021, 19쪽) 그처럼 나도 문득 용기가 사라지는 날에는 음악이 불어 넣어준 기운으로 누워만 있으려는 내 마음을 일으켰다. 당신에게도 몇 곡 정도는 그랬으면 좋겠다.

깊이 숨겨두고 혼자만 듣고 싶은 나만의 '히든 트랙'을 만들고도 싶었지만, 목차에서 보시다시피 그러기엔 너무나 유명한 곡들이다. 게다가 지극히 사적인 플레이리스트라 시대로 가를 수도, 장르로 구분할 수도 없고, 단일한 정서를 꿰뚫거나, 음악사적으로 전문적이지도 않다.

그저 하루가 저물었기 때문에 찾아 듣는 노래이고, 끊어지지 않는 생각 끝에 매달린 노래다. 이 훌륭한 노래들을 내 너저분한 생각의 다발을 묶어주는 매듭으로 써버린 건 아닌지 뮤지션들께 송구하지만 어쩔까, 이미 저질러버린 것을.

프롤로그

7

차례

음악의 말들

그늘진
마음의 노래

2B

Side A

음악의 말들

당신이 보는
별은 빛의 영광일 뿐

니나 시몬Nina Simone
〈별들Stars〉

후배 어머님이 돌아가셨다.

어머니는 늘 하던 대로 아버지가 잠자리에 들자 욕조에 물을 받고 반신욕 준비를 하셨다. 이후 욕실 안 어머니는 깨어나지 못했지만, 날이 밝았으므로 아버지는 깨어났다. 집 안에선 늘 두 사람이 함께였는데 한 사람이 그렇게 사라졌다. 장례식장은 제주였다. 제주공항에 도착했지만 공항 밖에 즐비한, 이국을 연상시키는 야자수가 처음으로 눈에 들어오지 않았다. 장례식장에 들어섰다. 후배는 보이지 않았다. 친척인 듯한 소년이 가족들은 염을 하러 갔다고 했다. 의자 끝에 앉아 기다리고 있자니 저편에서 후배가 왔다. 서로임을 확인한 우리는 끌어안고 울었다.

제주에 다녀온 이튿날, 나는 조용히 떠나는 사람에 대해 M과 이야기를 나눴다. 다소 뜬구름 같은 내 말을 M은 실체가 있는 장소로 받아들였다. 욕실이란 게 몸에 쌓인 긴장을 여러 방식으로 풀어주는 공간이니 개인적이고 편안도 하지만, 위험에 처하면 속수무책인 곳 아닌가. 그게 늘 마음에 걸렸다는 M은 몇 해 전 부모님 집 욕실 바닥을 미끄럼 방지 재질로 싹 바꿨다고 한다. 그 이야기를 들려줄 때 M은 직장 동료가 아니라 꼼꼼하고 사려 깊은, 집안의 막내처럼 느껴졌다. 이게 불과 닷새 전 우리가 나눈 대화였다.

이틀 후 다시 마주 앉은 저녁 자리에서 우리는 어쩌다보니 또 늙어만 가는 부모님 이야기를 나눴다. 모든 기운이 다 쇠해가는데, 다툴 기력만은 여전히 남아 있는 어른들이 얼마나 사소한 일로 틀어지는지, 그럴 땐 여든에 가까운 노인들이 얼마나 어린애 같은지, 하지만 우리는 또 얼마나 속절없이 그 고약한 노인네들을 닮아가고 있는지, 뭐 그런 이야기를 주고받을 때 M의 얼굴은 흐리다 개기를 반복하는 날씨 같았다. 우리는 그렇게 쉼 없이 떠들고 많이 웃었다. 그런데 오늘 퇴근길에 M은 어머니가 갑자기 숨을 쉬지 않는다고 떨리는 목소리로 말하는 아버지의 전화를 받았다. 두 분은 밭에서 일하고 계셨다는데 어머니가 남편을 나지막이 불러서는 여보…… 나, 가슴이 많이 답답하네…… 하더니 그 말끝에 얼굴이 하얘지더라는 것이다. 아버지는 급히 구급차를 불렀지만 병원으로 이송되는 동안 어머니는 눈을 감았다.

전화를 끊은 M은 운전대에 얼굴을 묻었다. 연하고 무른 흐느낌이 점점 커지더니 엉엉 울음으로 터져나왔다. 바라만 보던 나는 어찌해야 할지 모르다가 갑자기 정신이 들었다. M은 이제 한시가 바쁜 사람. M을 조수석에 옮겨 타게 하고 그의 차를 운전했다. 집에 도착해서도 멍해 있는 그에게 어서 짐을 꾸려야 한다고 재촉했다. 그는 주섬주섬 옷가지를 챙겨 넣었다. 그렇게 가방이 볼록해졌지만 그는 일어나지 못하고 나를 보더니 가기 싫다고 울었다. 사는 게 너무 허무하다고 또 울었다. 휴지를 찾아주다가 나도 울었다. 가장 빠른 기차에 그를 태워 보내고 집으로 돌아오는 길, 버스 안엔 사람이 별로 없었다. 창문을 열었다. 물기를 머금은 찬바람이 뺨에 닿자 그제야 정신이 좀 들었다.

M이 걱정하고 단속한 곳은 좁고 습한 욕실 바닥이었으나 죽음은 부드러운 바람이 뺨을 스치는 한낮의 들녘으로 왔다. 우리는 짐작조차 할 수 없는 것이다. 무엇도 모르는 것이다.

몹시 사랑하는 사람이, 사랑했던 사람이 되어 한순간에 과거로 가버리면 우리는 어찌 해야 하나. 무섭고 막막하여 끊어질 것 같지 않던 생각이 멈춘 자리에 이제 막 숨을 거둔 이가 다가와 선다. 그는 지금 어디쯤 가고 있을까. 어쩌면 이제 막 무거운 몸에서 빠져나온 고인故人은 후배가 탄 제주행 비행기, M이 탄 기차 옆자리에 와 있는 건 아닐까. 역에 도착하자마자 허둥댈 자식의 발걸음을 보살피며 자신의 장례식장까지 동행하는 건 아닐까. 어지러운 마음을 누르며 잠자리에 들었지만 잠은 오지 않았다. 그 밤에 1976년 파리 몽트뢰 재즈 페스티벌에서 니나 시몬이 부른 〈별들〉을 여러 번 들었다.

아이는 피아노에 재능이 있었다. 그게 백인 음악 교사 눈에 들어 정통 클래식 교육을 받았다. 피아니스트의 꿈을 키우던 소녀는 음대에 진학했고 갈고닦은 기량으로 정식 클래식 무대에 올라 바흐를 연주하고 싶었다. 하지만 흑인이라는 이유로 클래식한 무대엔 서지 못했다. 집안 형편에 힘을 보태려 후미진 재즈 클럽에서 연주했는데 노래하지 않으면 한 푼도 줄 수 없다는 업주의 으름장에 연주하며 노래했다. 그 노래가, 세상 어디에도 존재하지 않는 목소리라는 찬사를 안겨주었다.

푸가와 대위법을 재즈에 들여와 이전과는 다른 재즈를 들려준 이 사람은 지독한 인종차별의 시대, 민권운동의 정점에서 예술가는 자신이 사는 시대를 반영해야 한다며 세상을 벨 듯 예리한 노래를 만들어 불렀다. 급진주의자로서의 삶은 고달팠다. 악화되던 조울증을 술로 달래가며 자신을 꾸미는 모든 수사로부터 벗어나고 싶어했던 방랑자는 2003년 일흔의 나이, 세상에 마침표를 찍고 하늘의 별자리로 돌아갔다. 그녀의 삶과 노래를 더 깊이 만나고 싶다면 다큐멘터리 「니나 시몬: 영혼의 노래」(2015)를 봐도 좋겠다.

17

그녀는 별이 무엇인지 읊조리듯 노래한다. 그것은 태양의 마지막 빛처럼 이글거리지만 빨리 오거나 천천히 올 뿐, 그저 사라질 따름이고 우리가 보는 건 빛의 영광뿐이다. 사람들의 환호 속에 빛나는 별은 화려해 보이지만 빛이 사라진 뒤 찾아오는 어둠은 누구도 알지 못한다. 니나와 같이 우리도 이 짧은 세상을 노닐다가 언젠가는 별로 돌아갈 것이다. 먼저 나선 후배 어머님, M의 어머님. 그리고 오래전 우주에 박힌 나의 영원한 별 엄마, 엄마 곁에 자리한 나의 오빠. 헛된 빛 사라진 그곳에서 부디 평안하셨으면.

그때 너는 무슨 말을
하고 싶었던 걸까

김민기, 〈잃어버린 말〉

당신 지금 내 이야기 듣고 있는 거야?

네, 듣고 있습니다.

그런데 반응이 왜 그 모양이야?

…….

이 남자는 여보세요, 이후 30분이 넘도록 화를 내고 있다. 그가 낸 민원에 내가 단 답변이 마음에 들지 않았던 모양이다. 나는 남자가 묻는 말에 "네, 그렇습니다" "아, 그러셨군요"라고 답했다. 당신의 말을 잘 듣고 있다는 무난한 답변인 것 같은데 그는 내게 형식적으로 답하지 말라 한다. 아니라고 했다가는 또 한 소리 들을 것 같아 얼마간 듣고만 있었다. 그랬더니 이번엔 자기를 무시하느냐고, 왜 대꾸가 없느냐고 화를 냈다.

다짜고짜 화부터 내는 사람은 이쪽 말을 듣자는 게 아니지 싶다. 듣자는 쪽이면 이쪽 말이 끝나기를 기다렸다가 자기 말을 꺼낼 것이고, 답변이 미진하다 싶을 때 물을 것이니 말이다. 어지간하면 손으로 들고 있으려 하지만, 일이 밀리는 날에는 턱과 어깨 사이에 수화기를 끼고 키보드를 두드린다. 그러면 어떤 이는 지금 내 이야기 안 듣고 딴짓하고 있냐고 묻는다. 나는 선생님이 하시는 말씀을 적고 있다고 한다. 내 하는 일을 기록으로 남겨야 하니 거짓말은 아니다. 이때도 내 말을 왜 적느냐고 기분 나빠하다 전화를 끊어버리는 사람이 있고, 자신의 말을 토씨 하나 빠뜨리지 말고 다 적어넣으라는 사람이 있다. 그럴 땐 내가 듣는 말과 내가 하는 말이 모두 말 같지 않게 느껴진다.

하루 종일 고객을 상대하는 일을 하는 한 친구가 어느 날 '일 같잖은 일'을 하려니 힘들기만 하다고 하소연한 적이 있다. 나는 그렇구나, 라고 입으로는 말하면서도 속으로는 네가 힘든 건 일이 힘들어서가 아니라, 그 일을 하고 있는 네 자신을 마뜩잖게 여기기 때문이라고 생각했다. 그때 내 '같잖은 생각'을 입 밖으로 꺼내지 않았던 건 얼마나 다행인가.

이제야 나는 사람이 할 법하지 않은 말, 사람이라면 주저할 말, 사람에게 결코 해서는 안 될 말, 아니 세상 무엇에도 해서는 안 될 말, 그런데도 기어코 해서 나와 상대를 아프게 하는 말들을 생각한다. 그날도 그런 말들에 지쳐 집으로 가는 길이었다.

버스에서 내리고도 한참을 올라야 하는 곳. 눈 오면 걸어 내려올 일이 걱정인 오래된 빌라들의 동네. 여름에는 덥고 겨울에는 추운 맨 꼭대기 층. 그럼에도 '이 집'이라고 마음을 굳힌 건 아주 근사한 베란다가 있었기 때문이다. 창문만 열면 곧장 산 능선을 마주할 수 있는 곳. 이런 풍경이라면 만년 전세라도 상관없었다. 좀 멀리엔 바로 그 산이 있고 가까이에는 커다란 은행나무 한 그루가 있다. 나무는 바람과 햇살을 받으면 은빛으로 반짝이며 햇빛이 부서지는 소리를 냈고, 눈이 내리면 잔설을 잎사귀에 머금었다. 그런가 하면 마주 보이는 앞 빌라와 내가 사는 빌라 사이에 서서 각자의 창을 가려주며 내부 공간도 보호해주었다.

어느 날 빌라 대표가 집 주변을 정리하는 김에 이 나무를 가지치기하겠다고 공지했다. 가지치기는 언제, 왜 하는지 얼른 이해는 안 되면서도, 정원사들이 때때로 하는 걸로 봐서는 이유가 있겠거니 했다. 하더라도 앞머리 다듬는 수준으로 조금만 치는 것이려니 했다.

집에 들어오자마자 얼른 베란다부터 나가봤더니 그렇게나 컸던 나무가 아예 보이지 않았다. 게다가 정면으로 마주해 있는 집 남자가 속옷만 입고 나와 담배 피우는 모습이 곧장 보

21

였다. 깜짝 놀라 계단을 뛰어 내려가 뒤뜰로 가보았다. 나무는, 허리 위로는 동강 잘려나가고 2미터쯤 몸만 남아 있었다. 전쟁 통도 아닌데 나무는 몸의 절반, 아니 그 이상을 잃어버렸다. 다리에 힘이 풀렸다. 잘려나간 팔과 허리는 어디로 실려갔을까. 말 못 한다고, 아프다 비명 지르지 않는다고, 이럴 수는 없다.

아래층 사람들이 창밖 시야를 가리니 잘라버리라고 했나, 아니면 은행 열매가 떨어지면 냄새나니 아예 베어버리라고 한 걸까. 빌라가 지어진 해는 1989년이고, 이 나무는 한자리에서 30년 넘게 입주민들보다 오래 살았다. 이 집이 허물어지지 않는 이상 이곳에서 가장 오래 살아온 존재이고 앞으로도 그럴 것이었다. 나무를 다른 곳으로 옮겨줬다면 또 모르겠다. 그렇더라도 허전하기야 이루 말할 수 없겠지만 이렇게까지 마음이…….

어떤 나무는 자신을 해치는 무엇이 다가올 때 지독한 냄새를 풍겨서 물리친다는 글을 읽은 적이 있다. 날카로운 전기톱이 허리를 향해 다가올 때 나무가 특유의 어떤 냄새를 뿜어냈다면 톱을 든 이가 잠시 주춤했을까. 아무 말이나 하고 있다, 지금 나는.

작곡자이자 편곡자이며 연출자인 김민기가 1972년에 만든 노래 〈잃어버린 말〉에는 말을 할 줄 아는 자연과 사물이 등장한다. 간밤의 바람도 말을 하고, 고궁의 탑도 말을 하고, 할

미의 팬 눈도 말을 하고, 빼앗긴 시인도 말을 하고, 죄수의 푸른 옷도 말을 하고, 잘린 가로수도 말을 한다. 그러나 노래하는 이는 평소 말 같지 않은 말을 하는 사람들의 말에 귀가 지쳐서 그 말을 듣지 못한다.

말 같지 않은 말을 그렇게나 많이 듣지 않았다면 귀가 좀 덜 지친 이는 간밤의 바람이, 고궁의 탑이, 할미의 팬 눈이, 죄수의 푸른 옷이, 잘린 가로수가 하는 말을 들을 수 있었을 텐데 말 같지 않은 말들만 횡행하던 시절이라 그의 귀가 지쳐 도무지 듣지 못하는 것이다.

가지치기 사흘 전, 여느 때처럼 집에 돌아와 베란다 창문을 열었다. 산을 보았고 나무를 보았다. 그 무렵 나무는 내게 무슨 말인가를 건넸던 게 아닐까. 어떤 사람들이 자신을 올려다보며 저기를 잘라냅시다, 하는 말을 들었다고. 하지만 나는 그날 들은 말 같지 않은 말들을 잊어버리려고 나무를 보았을 뿐이다. 그렇게 내 생각만 하느라 나무가 내게 하는 말을 듣지 못한 걸까.

소매를 잡고
섭섭하게

제프 벡Jeff Beck
〈푸른 옷소매Greensleeves〉

『혼불』의 작가 최명희의 단편 「메별」에는 타이완에서 유학 온 그와 그를 가르치는 한국어 선생 정희가 등장한다. 정희는 언어를 가르치는 사람이니 국어사전에 담긴 낱말 풀이에 얼마간 의지해야 하겠으나, 그녀가 보기에 사전에는 감정이 없다. 거기에 기록된 "경제적이고도 규칙적인 어휘 풀이는, 알고자 하는 사물에 대상을 접근시키는 것이 아니라, 오히려 무한하던 언어의 자계磁界를 엉기어 줄어들게 만들어"버리는 것이라서(최명희, 「메별」, 『문학시간에 소설 읽기 1』, 나라말, 2004, 218쪽) 사전을 들여다봐야 한다면 정희는 슬픔에 잠기는 것이다.

정희는 처음 서울에 왔을 때 무엇보다 서울 사람들이 쓰는 말에 놀란다. 깔끔하게 정제된 서울말에는 자신의 무엇도 스며들지 않아서, 그녀는 매번 말 앞에서 미끄러지는 것 같았다. 그랬으므로 그녀는 타국에서 온 그에게 한국어를 전할 때 타관의 말이 자신을 밀어낸다는 느낌을 받지 않도록 더 세심한 주의를 기울인다. 이를테면 정희는, 내 체온보다 낮은 바깥 온도와 맞닿았을 때의 '차다'와 찬 기운이 내 몸속에 스며들어 피부를 저리게 만드는 '시리다'의 차이를 제대로 알려주고 싶다. 정희의 따스한 지성에 사로잡힌 그는, 그녀가 일러주는 모든 것을 흡수하고 싶지만 주려는 쪽이나 받으려는 쪽이나 뜻대로 되지 않으니 안타깝기만 하다. 무엇보다 그는 정희를 좋아하는 마음을 말로는 적절히 표현할 수 없어 애가 탄다. 그녀는 그럴 땐 편지를 쓰라지만 그는 "그렇지만 글로 쓰려고 하면 생각이 다 도망가요…… 말이 오히려 내 느낌에 방해가 되어요. 말이 나를 표현해주고 도와주어야 할 텐데…… 마음은 알고 있는데 말은 내 마음을 몰라요"(같은 책, 209쪽)라며 탄식하는 것이다.

어느 날, 정희와 헤어진 후 달빛을 받으며 집으로 돌아가던 그는 자신의 발소리에 놀란다. 발소리를 크게 내면 마음이 울려서 깨질 것만 같았으니 조심히 걸어야 했던 것이다. 그렇게 정희를 향한 모든 것이 조심스럽기만 한 그이지만, 정희는 그가 자국의 유학생들과는 유창한 모국어로 대화하면서도 자기 앞에서는 조심조심 말을 고르는 게 못내 섭섭하다. 타국의 말을 알아듣지 못해서가 아니었다. 자신에게로 오는 말은 어째서 저렇게 활기차고 자유로울 수 없는지 서글프기 때문이다. 정희는 한마디도 알아듣지 못해도 좋으니 그가 자신에게도 말의 홍수를 퍼부어주길 바란다. 하지만 그는 정희의 이런 바람을 아무래도 이해하지 못한다. 정희의 갈급함은 이 어긋남에서 비롯된다. 소설에는 둘의 이별 장면이 없지만 독자는 벌어지기만 하는 말들 속에서 둘이 서서히 멀어질 것임을 예감할 수 있다.

메별은 소매를 잡고 작별한다는 뜻으로 섭섭하게 헤어짐을 이른다. 「메별」을 다 읽고 나면 이윽고 "섭섭하게,/ 그러나/ 아조 섭섭치는 말고/ 좀 섭섭한 듯만 하게"로 시작되는 서정주의 「연꽃 만나고 가는 바람같이」가 떠오르고, 머릿속에는 도리 없이 〈푸른 옷소매〉의 멜로디가 흐른다. 16세기부터 영국에서 불렸다는 이 구슬픈 멜로디는 각국의 노랫말로 편곡된 곡이 하도 많아서 일일이 거론하기도 어렵다.

특별히 더 좋아하는 편곡은 애니메이션 「마음이 외치고 싶어해」 OST에 수록된 〈나의 목소리〉와 제프 벡의 담백하지만 조금은 쓸쓸한 전자기타 버전이다. 모두가 잠든 새벽 깜깜한 작업실. 그곳에는 가만히 생각에 잠긴 한 연주자가 있다. 그는 밤이 깊어서 혹은 어둠이 무거워서가 아니라 그때쯤에야 비로소 떠오른 얼굴 하나를 기타로 그려보기 위해 줄을 튕기고 있다.

제프 벡의 〈푸른 옷소매〉를 처음 들은 날은 이십대 후반의 어느 가을날이었다. 무엇 때문에 속상했는지는 잊었지만, 참 담했던 기분만은 놀랍게도 남아 이 곡을 들으면 자연히 그날이 떠오른다. 이제는 담담히 떠올릴 수 있지만 그때는 참.

'섭섭하게, 그러나 아조 섭섭치는 말고'는 어떻게 하는 건지, 그렇게 헤어지는 게 가능은 한지 아직도 모른다. 그걸 모르니까 '이별에 대처하는 우리의 자세'라는 말도 있겠지. 어떤 자세든, 그걸 잘 잡는 이가 널리 알려주면 좋겠지만 어렵다면 자기만의 자세를 만들고 볼 일이다. 반복해서 하다보면 몸이 풀리면서 언젠가는 폼도 좀 잡히지 않겠나 싶고.

나야말로 매번 정희와 같은 그 갈증에 목이 타들어가는 사람이었다. 그러나 이제는 정희처럼 마냥 갈급하진 않다. 그게 적잖이 섭섭도 하다.

사랑은
도리 없이

에릭 클랩턴Eric Clapton
〈자라게 두라Let It Grow〉

　　대통령이었던 남자가 부엉이바위 위에서 세상에 작별을 고
하고 난 이후, 나는 꽤 오랫동안 위아래 까만색 옷만 입었다.
어쩐지 색을 찾게 되지 않았다. 이상한 일이었다. 나를 둘러
싼 세상이 달라졌는데 그걸 표현할 길 없어 답답한 심정이랄
까. 그의 어떤 면은 좋아했으므로 내게도 얼마간은 심정적인
지분이 있다고 여겼던지, 나는 재임 기간에 그가 하는 어떤 말
과 행동을 나쁘게 말했다. 이제 안 그럴 자신 있는데 다시는
볼 수 없는 것이다.

　　그가 내뱉은 어떤 말은 너무 날것이어서 비린내가 났다. 날
것이 익은 것처럼 보일 순 없으니 당연했지만, 그러면 사람들
은 어디서 배워먹은 경우 없는 말(투)이냐고 힐난했다. 고백하

면, 나는 그가 사람들에게 미움을 받는 그 '말'로 내가 별로라 여겨온 사람들의 심사를 불편하게 만드는 게 좋았다.

그는 또 어떤 말의 용례를 새삼스레 일깨워주기도 했다. "우리는 그 일로 격이 졌다"고 하면 우리 사이에 벽이나 거리가 생겼음인데, 그는 군중 속으로 들어갈 때 경호원에게 느슨한 경호를 당부하거나, 어떤 자리에는 경호원을 대동하지 않으려고 해서 그 격을 지웠다. 그게 그를 노상 지키는 이들을 난감하게 했고, 그의 일거수일투족을 지켜보는 이들을 불편하게 했지만, 뉴스로만 간간이 그의 동정을 접하는 내게는 별로 거슬릴 게 없었다.

어떤 자리에서든 하고 싶은 말은 하고야 마는 그의 직성을, 어떤 이들은 눈치 보지 않는 소신이라 했고 어떤 이들은 막무가내라 했다. 호불호가 극명하게 나뉘는 그의 행보에서 어쨌든 빠지지 않는 말이 '진정성'인 것 같았다. 자주 듣다보니 궁금하기도 했다. 진정성이란 뭘까. 진실하고 참되다는 사전적 풀이에 따르면 진실하고 참된 사람에 대한 상像도 저마다 다를 것 같은데, 왜 마치 단일하고 변함없는 무엇이라도 되는 양 회자될까. 정말로 저마다 다르다면 진정성이야말로 사랑이 움직이는 것만큼이나 다채롭고 변하기 쉬운 성질 같은데 말이다. 그런데도 왜 예전과 다르냐고, 변한 게 아니냐고 지속적으로 다그침을 받는 이가 있다면 그는 좀 억울하지 않을까. 만일 그가 예전과 똑같다면 그는 생각을 포기하거나 성장을 멈춘 사람일 수 있지 않을까. 우리가 무언가를 이해했다고 생각하는 순간에도 그 무언가는 달라지고 있으니. 그러니까 진정성, 그건 한 사람을 일정한 틀에 가두기 편(리)한 말인 것만 같다.

기억은 대체로 선택적이고 고인故人에 대한 판단도 저마다 다를 것이므로, 내 생각도 결국엔 한쪽으로 기울고 말 것이다. 그러니, 그냥 말하자. 진정성이고 뭐고 다 떠나서, 세상에는 자신이 뿌려온 언행의 씨앗을 제 손으로 거두기 위해 이별을 고하는 사람이 있다는 데서, 나는 현기증을 느꼈다고. 그리해도 달라질 리 없을 것 같은 세상에서 말이다. 세상은 그저 죽은 듯 쓰러졌다가도 형태를 복원하는 터미네이터처럼 다시 내 쪽을 향해 걸어오고, 「매트릭스」의 복제 스미스 요원처럼 여기저기에 있을 뿐이다. 그러므로 그의 죽음이 내게 남긴 결론은 이것이다. 누군가를 내 식대로 규정하고 재단하면서 사랑하는 일은 그만해야 한다는 것. 이것을 일깨워준 이는 또 있다.

비틀스의 멤버 조지 해리슨과 모델인 패티 보이드는 연인이었고, 조지 해리슨과 에릭 클랩턴은 친구였다. 에릭은 친구의 연인인 패티를 사랑했다. 이 세기의 삼각관계는 한때의 가십으로 끝나지 못했다. 에릭은 패티를 향한 열망을 어찌지 못해 그 유명한 〈레일라Layla〉로 만들어 불렀다. 잦은 부침 끝에 조지와 패티는 헤어지고 패티는 에릭과 결혼한다. 둘의 달콤한 어느 하룻밤이 〈원더풀 투나잇Wonderful Tonight〉이다. 그러나 에릭과 패티의 결혼생활도 오래가지는 못했다. "원하는 것은 얻으라, 그러면 파멸할 것이니." 이런 게 오히려 변치 않는 진실에 가깝다.

에릭은 30대 초반, 공연 중에 자신의 나라인 영국에서 '유색인'과 '깜둥이'를 내보내야 한다고 목소리를 높여 사람들을 놀라게 했다. 매일 술을 마시던 차에 오른 공연이었고, 자신이 무슨 말을 했는지 깨달았을 때는 사과해야 한다는 생각이 들었지만 고백하기조차 부끄러웠다고 했다. 그런 그의 유색인종 비하 발언은 솔직히 믿기 힘들었다. 그가 밴드 '크림'과 '야드버즈'를 그만둔 이유는 멤버들이 블루스보다는 자꾸 팝 쪽으로 가려 했기 때문이다. 그런 만큼 그는 솔뮤직의 기원이라 불리는 블루스만 고집하는 '블루스 순정주의자'였다. 블루스를 향한 그의 '진정성'엔 의심의 여지가 없었다는 말이다. 그런 그가 흑인을 추방해야 한다고 말했다면, 그가 이제껏 해온 블루스는 무엇이란 말인가.

금기와 규율로 가득 찬 세상에서 사람들은 짙게 혹은 옅게 그어진 빗금을 밟지 않으려고 애를 쓴다. 염두에 두는데도 선을 밟아버릴 때가 있다. 게임이라면 죽어서 퇴장인데 현실이라 다행인 역설. 그러다 내내 이런 식이면 곤란하다고 염려하는 일이 반복된다. 살면서 이 역동을 피해갈 이 누구인가. 또한 사람의 생을 어느 한 국면만 놓고 보거나 가장 나쁜 순간

만으로 평한다면 좋은 소리 들을 이 누구인가.

그럼에도 우리는 도리 없이 작가와 작품을 하나로 보려 한다. 여전히 생의 이면은 보지 못하는 어린아이처럼, 어째서 하나가 아닌 둘이냐고 물어보고 싶을 때가 있어서 그의 말이 철없던 시절의 실언이었대도, 혼란스러운 건 어쩔 수 없었다. 한 사람의 세계관을 반영하는 언어는 어쩌면 그의 전부이기도 하니까. 하지만 그 혼란도 다음과 같은 이유로 차츰 숨이 죽어갔다.

한 사람 안에는 너무나 많은 자기分人가 있다. 지킬과 하이드가 어느 시각에 한꺼번에 아니면 교대로 출몰하려는지 알 수 없는 것이다. 에릭의 연애, 방황, 음악에의 헌신을 여전히 사랑하지만 한 사람의 전부를 이해하는 일은 본래 가능하지 않은 것이다.

에릭은 〈자라게 두라〉에서 사랑을 그저 두라고 한다. 사랑은 사랑스러우니, 꽃을 피우고 바람에 흔들리도록 그냥 두라고. 사랑이 액면 그대로의 '사랑'이 아니라면 이 노래를 이제 이렇게 해석해도 좋을까. 온전히 이해할 순 없어도 온전히 사랑할 순 있다지만, 그마저 매번 달라지는 거라고.

무언가에 막 관여하고 싶을 때, 나쁜 마음이 나를 삼키려 할 때 이 노래를 꺼내 듣곤 했다. 세 번쯤 연속해서 듣고 나면 목구멍까지 차오른 어떤 기운이 차츰 가라앉았다. 이제 비슷한 상황을 만나도 이 노래가 떠오르지 않는다. 오히려 아무 노래도 듣지 않고 가만히 있으려 한다.

생각하면
애잔한데

정밀아, 〈미안하오〉

경제 대공황이 불어닥친 1930년대 미국이 배경이라고 하지만, 존 치버의 단편 「황금 단지」는 내게 무얼 해도 잘 풀리지 않고 여전히 고단하기만 한 사람을 떠올리게 만든다. 그 사람 생각에 그리 길지 않은 이 소설을 읽다 쉬다 했다.

주인공 랠프는 의류업자 밑에서 일하며 근근이 생계를 이어가지만, 연인 로라는 그의 가난을 대수롭지 않게 여겼으므로 둘은 만난 지 석 달 만에 결혼한다. 여윳돈은 없지만 로라는 고흐의 「해바라기」 모작을 소파 위에 걸어두고, 랠프가 바깥에서 듣고 오는 새로운 사업 계획이 실현될 날만을 기다린다. 때로 그 계획은 전화선을 타고 왔다.

내가 아는 그는, 열다섯 살 나이에 입고 있던 옷만 걸치고

집을 나왔다. 그리고 다시는 '학교'로 돌아가지 못했다. 7년 가까이 객지를 떠돌다 집으로 돌아올 수밖에 없었던 건 군 복무 때문이었다. 제대 후엔 먹고살 길을 찾아야 했지만, 졸업장 없는 청년을 받아줄 곳은 없었다. 어찌어찌 들어간 작은 여행사에서 그는 지금의 아내를 만났고, 둘은 결혼식도 올리지 못한 채 살림을 차렸다. 두 사람에게는 이듬해에 딸이 생겼고, 2년 후엔 아들이 태어났다.

랠프와 로라처럼 자신들을 가난의 늪에서 꺼내줄 누군가의 전화를 기다린 건 아니었지만, 그에게도 그를 돕겠다는 사람들이 있었다. 한 겹 더 들어가보면 그런 사업에는 언제나 (종잣)돈이 필요했다. 한번은 동업자와 청소기 대리점을 차리겠다고 해서 나도 대출을 받아 보탠 적이 있다. 오래가진 못했다. 그는 늘 일, 아니 돈을 좇았지만 다가가면 멀어지는 연인처럼 안정적인 일자리나 돈은 그와는 무관한 세계였다. '사업'이 아닌 일은 모두 몸을 쓰는 것이어서, 그는 이삿짐 센터에서 꽤 오래 일했다. 이삿짐 하중을 견디지 못해 관절 사이 연골들이 닳아 없어졌을 때에야 그는 그 일도 그만두었다. 따지고 보면 그에게는 '언제나 무엇이 이루어지려고' 하지도 않았고, 어떤 '뜻밖의 행운'도 없었다. 아마 그의 몫으로 돌아갈 유산도 없을 것이다.

그의 아내는 로라처럼 자신만의 방식으로 현실을 긍정하는 사람이 아니지만, 성실로 따지자면 둘째일 수 없다. 바닥을 치는 통장 잔고 앞에서 긍정과 안내는 어쩌면 가식일지도 모르니까, 미간에 짜증을 달고 사는 그의 아내가 내게는 좋고 싫고의 대상이 아닌, 그냥 이해할 수밖에 없는 사람이다. 그녀는 비좁더라도 세대수가 많은 아파트에 살면서 번듯하게 관리비를 내고, 경비 아저씨가 맡아둔 우편물을 집에 들어갈 때 찾아가며, 일주일에 두 번 정도는 먼저 퇴근한 남편이 준비해둔 저녁을 먹는 삶을 원했다.

있다가도 없고 없다가도 불쑥 생겨나는 불안정한 남편의 일만 바라보고 있을 수 없어서, 그녀 역시 쉼 없이 일했다. 114 안내원을 제법 오래 했지만, 그마저 기계응답으로 바뀌자 보험회사로 자리를 옮겼다. 부모님 암 보험과 내 자동차 보험을 그녀에게 들고 간간이 아이들 용돈을 보냈다. 그러나 상대에게 뭔가를 보낸다는 것은, 그가 느낄 감정을 고려해야 하는 복잡하고 미묘한 일이었다.

청춘은 실현 여부와 상관없이 푸른빛을 띤 가능성이라고 생각한 적이 있다. 그런 생각을 더는 하지 않는다. 가난한 청춘은, 그냥 가난한 노인이 될 가능성이 높은 이들일 뿐이다. 매대 위의 이월 상품을 찾아다니고, 가격 대비 효율만을 따져야 하는 소비 앞에 '자발적 가난은 있는 사람들의 언어유희일 뿐, 없는 사람은 돈이 나갈 구멍을 되도록 틀어막고 검약이 가훈인 듯 살아갈 수밖엔 없다.

로라는 파티에서 한 번 만난 적 있는 앨리스를 공원에서 다시 만난다. 로라에게는 딸아이가 있고, 앨리스에게는 사내아이가 있다. 이야기는 돈이 들지 않으니까 살림살이가 비슷한 두 사람은, 늘 무언가를 해보려는 남편들의 의욕을 제것인 양 주고받으며 시간을 보낸다. 앨리스는 오래전에 선물 받은 영국제 고급 비누를 쓰지 못하고 장롱 안에 보관해두었다고 털어놓는다. 언젠가 아이를 저 형편없는 학교에서 빼오는 날, 아니면 빚을 모두 청산하는 날 그 고급 비누를 쓰리라 마음먹었지만 그런 날은 끝내 오지 않았고, 비누는 으스러졌다고.

누구에게든 앨리스의 '비누' 같은 게 하나쯤은 있지 않을까. 아끼고 아끼다 언젠가 좋은 때가 오면 꺼내 쓰리라 다짐하지만, 장롱 안에 처박혀 있다가 결국엔 부서져버리고 마는 무엇. 내가 아는 그의 인생 지도에도 분명 황금이 묻힌 곳이 있었을 것이다. 하지만 이제 지도는 너덜너덜해졌고, 그와 그녀는 머리가 하얗게 셌다.

대부분의 사람에게 친절하게 굴면서 어째서 나는 그에게만은 상냥하지 않은지 모르겠다. 아이들이 믿는 구석인 엄마에게 함부로 하듯 끝내 내 편임을 알아서 그러는 것인지, 아니면 그를 떠올리면 일던 오랜 시름이 이제는 체념으로 바뀌어선지, 아니면 둘 다인 것인지.

날이 선 바람 따라/ 겨울이 불어오면/ 마른 잎은 서걱서걱 거리를 긁어대고/ 내 마음 한켠에다/ 무심히 심어놓은/ 그대 생각

떠올라서/ 애잔한 마음이오.

그와 그의 아내 생각에 정밀아의 〈미안하오〉를 여러 번 들었다.

붙들리면
놓여날 수 없는

빌리 홀리데이Billie Holiday
〈이상한 열매Strange Fruit〉

조카가 한동안 집에 머문 적이 있다. 별로 말이 없는 그 애는 기타를 좋아했다. 그 애가 작은 앰프에 기타 잭을 꽂으면, 그에 합당한 소리가 났다. 전인권의 노래를 이적이 부른 〈걱정 말아요 그대〉를 치기도 하고, 에릭 클랩턴의 〈원더풀 투나잇〉을 느리게 연주하기도 했다. 여럿이 합주하는 것도 좋지만 혼자서 리프를 반복해 연습하는 건 또 얼마나 듣기 좋은가. 햇볕 좋은 곳에 앉아 빨래를 개키면서도, 내 귀는 온통 조카가 있는 방 쪽으로 길게 뻗곤 했다. 따스한 날들이었다. 그 조카가 어느 날 물었다.

숙모, 숙모 듣는 곡은 다 좋은데…….

다 좋은데?

왜 늘 단조만 들어요?

그랬나, 슬픈 곡만 들어야지 마음먹은 적 없는데.

어떤 연출자가 아역 배우 연기 지도 법을 소개했다.

아직 어리니까 슬픈 감정을 모릅니다. 살아온 세월이 없으니 당연하죠. 동생이 있느냐고 묻습니다. 엄마가 너보다 동생을 더 예뻐할 때 너는 어떤 기분이야, 그러면 서럽다는 거예요. 서럽게 우는 건 어떻게 우는 거야, 하면 아이가 바로 웁니다. 그런데 하나로는 부족해요. 나쁜 꿈을 꾸다 깨면 어때? 어떻게 울어? 아이가 바로 눈앞에서 무서운 걸 보고 있는 것처럼 웁니다. 둘 중에 더 나은 걸 써요.

정말 그럴까. 아이가 놀라 우는 순간을 '뽑아내면' 그 이야기는 슬플까. 눈앞에서 무서운 걸 보고 우는 아이가 있다면, 영화 「몬스터 주식회사」가 떠오를 수밖에 없다. 아이가 벽장문을 열면 커다란 괴물이 있다. 아이가 겁을 먹고 비명을 지르면, 그 외마디 소리는 어딘가에 저장돼 몬스터 세계를 유지하는 에너지로 쓰인다.

의식과 무관하게 분비물이 쏟아지기도 하지만, 공포는 대체로 눈물샘을 막아버리는 극단의 처방이다. 너무 놀라면 우리 몸에 난 구멍은 닫힌다. 두 눈을 질끈 감고, 한순간 숨이 멎고, 두 손으로 입을 막는 것처럼. 반면 슬픔은 어떤가. 때론 울고 있는 사람을 보는 것만으로도 눈물샘이 열린다. 공포와 슬픔이 어떻게 다른지 설명하자는 게 아니다. 다만 공포의 순간을 반복적으로 겪을 수밖에 없다면, 그런 게 슬픔이 아닐까 한다. 그렇다면 고통은 뭘까?

일본 구승문학을 연구하는 웰스 게이코는 『타는 태양 아래서 우리는 노래했네』라는 책에서 아프리카계 미국인인 흑인black people 문화를 다룬다. 타는 태양 아래서 노래하는 '우리'는 흑인이다. 저자는 이를, 흑인 있는 곳에 노래 있다는 말로 다시 들려준다. 흑인 있는 곳에 노래 있다는 말이 무슨 뜻인지 이해해보기 위해서는, 빈약하지만 한 구절씩이라도 그들의 역사와 서사를 따올 수밖에 없다. 이를테면 "남부의 드넓은 농장들은 노예의 노동력을 바탕으로 운영되었기 때문"이다(위의 책, 유은정 옮김, 돌베개, 2019, 8쪽). 이 한 줄이 그들의 역사라면, 그들 삶의 진실인 서사는 부족하지만 이렇게 요약할 수 있을 것이다. 태어나고 보니 피부색이 까맸다. 그것만으로 모든 판단은 끝났고 이 세계를 빠져나갈 수 없다. 팔려나간 후에는 강제 노동에 시달려야 한다. 그러던 어느 날, 어느 밤에, 사랑하는 이들이 죽는다. 피투성이가 되어 나뭇가지에 매달린 채.

Southern trees bear a strange fruit

남부에 있는 나무에는 이상한 열매가 열려요

Blood on the leaves and blood at the root

잎사귀와 뿌리에는 피가 흥건하지요

Black bodies swingin' in the southern breeze

남부의 산들바람에 검은 몸뚱이들이 흔들려요

Strange fruit hangin' from the poplar trees

포플러에 매달려 있는 이상한 열매들

(…)

노래는 더 이어지지만 여기까지밖에 옮기지 못하겠다. 〈이
(괴)상한 열매〉는 백인이 지은 시에서 비롯된 노래다. 고등학
교 교사였던 에이벌 미로폴은 남부의 나무에는 괴상한 열매
가 달려 있는데, 그 열매에선 피 냄새가 난다고 썼다. 시에 곡
이 붙어 저 노래가 되었다.

혹인 있는 곳에 노래 있다는 말을 다시 생각한다. 이 말은
그들이 견딜 수 없는 순간에는 차라리 노래했다는 말이다. 분
함을, 두려움을, 슬픔을, 고통을 모두 노래(로 말)하면서 간신
히 버텼다는 것이다(지금도 어디에서는, 그러고 있다는 것이다).
달리 말해, 음악이 그들을 궁휼히 여기는 신神이 아니라면 어
디에, 무엇에 기대야 할지 도통 모르겠다는 뜻이다.

그럼에도 그들은 자기네가 '본 것'은 노래하지 못했다. 나
뭇가지에 매달린 자신과 이웃의 아버지와 어머니를 노래할 순
없었다. 그래서 빌리 홀리데이는 그들을 대변이라도 하듯, 공
연 마지막엔 늘 이 노래를 불렀다. 울분을 꾹꾹 눌러가며 부

르는 그녀의 목소리는 파장이 길었고, FBI는 그녀가 흑인을 선동하려고 굳이 이 노래를 부르길 고집한다고 믿었으므로 그녀를 잡아넣기 위한 암약활동을 오랫동안 벌였다. 극화임을 감안하고 본다 해도, 그 시절 FBI의 사납고 비열한 '작전'은 영화 「빌리 홀리데이」(2021)에 오롯이 담겨 있다.

다시 고통은 무엇인가로 돌아오면, 반복된 슬픔 탓에 노래마저 할 수 없게 된 상태가 아닐까 싶지만, 역시 정의할 수는 없을 것이다. 다만 적지 않은 시간 동안 응시하고 느낀 점에 대해서는 조금 말할 수 있겠다.

그것은 은유의 옷을 입고 재현될 때 긴 여운을 남겼다. 그래도 기억하려 애쓰지 않으면 잊히려 들었다. 사랑하는 이를 잃고 남은 이들은 누구보다 이 속성을 잘 알면서도, 무언가 말해야 할 때는 가까스로 뭉뚱그려 말하거나, 차라리 침묵한다. 나는 모른다 하고, 저녁 밥때가 다 되어가는데도 아이가 돌아오지 않았다고 하고, 아침에 다투고 보낸 게 마음 쓰여 하루 종일 부대꼈다고 한다. 그리고 그 나무는, 차마 볼 수 없었다고 한다. 그런 말들에는 오래도록 매여 아무래도 놓여날 수 없었다.

집 그리고 온기

크로스비, 스틸스,
내시 앤 영Crosby, Stills, Nash & Young
〈우리 집Our House〉

만나면 안 된다고 하니, 온라인 수업은 불가피하다. 몇 등분씩 분할돼 얼굴만 둥둥 떠 있는 화면을 들여다보며 하는 수업이라는 게 누구에게도 유쾌할 리 없지만, 도리 없는 것이다. 몇 번의 거절 끝에 수락한 강의는 시작하고 보니 더 당황스러웠다. 수강생 스무 명 중 절반 가까운 이가 자신의 비디오와 오디오를 꺼둔 채였다. 말하자면, 눈 감고 귀 막은 것이라 까만 화면 뒤에서 이쪽(나)을 보고 있는 사람들에게 나는 얼굴 좀 보여주십사고 몇 번이나 부탁했지만, 소용없었다. 얼굴은 안 보여주셔야 됩니다, 라는 주최 측의 사전 고지를 나만 받지 못한 것일까. 얼굴조차 못 보니 소통이나 교감 같은 건 절대 이루어지지 않을 것 같았다. 오늘 수업은 망할 것 같다는 예감.

그럼에도 초반 20분은 생각보다 순조로웠다.

서너 명씩 모이는 모둠 방을 만들어 토론을 시작했다. 토론방에서는 반가운(?) 얼굴들을 볼 수 있었다. 처음엔 서먹했지만 서로 인사 나누고 이야기를 건네다보니 방마다 그런대로 활기가 돌았다. 그런데 내가 조원이 된 그 방의 어떤 이는, 도통 수업에 집중하지 못하고 의자에서 앉았다 일어났다 했다. 산만이 극에 달할 무렵, 급기야 아이가 화면에 얼굴을 쓱 내밀더니, "엄마 뭐 해, 지금 내 얼굴도 보이는 거야?" 하고 소리쳤다. 집에서 하는 수업이니 거기까지야 그럴 수 있다 싶었다. 잠시 후 (아마도 그 시간에 귀가한 남편인 듯한) 거친 남자의 음성이 끼어들었다. "이 시간에 뭐 한다고 컴퓨터 앞에 앉아 지랄하고 있노?" 남자의 기습 발언에 우리 방 사람들은 어쩔 줄 몰라했고, 그 말을 들은 당사자는 말 그대로 사색이 되었다. 그이는 죄송하다더니 방을 나갔다.

그날 수업 주제는 폭력이었다. 물리적으로 또는 정서적으로 부지불식간에 우리가 얼마나 다양한 폭력을 행사하고, 또 거기에 노출되는지 생각해보는 시간이었다. 역설적이게도 그런 와중에 화면 속으로 갑자기 말 주먹이 날아왔고, 방어할 틈도 없이 우리는 얻어맞았다. 수업은 어찌어찌 끝났다. 내 자리로 돌아와 앉았을 때에야 비로소 긴 한숨이 터져나왔다.

남편이 돌아온 집. 그 집의 저녁 시간을 그려본다. 퇴근 시간에 맞춰 아내가 밥을 차려놓았거나 저녁 준비 중이었다면,

그는 화가 나지 않았을까. 밥때가 다 되었는데도 아내가 밥할 생각은 없고, 뭔가 배운답시고 자신의 의무(?)를 잊은 채 책상 앞에 앉아 있으니, 그 모습이 가소롭게 보였던 걸까. 아니라면 왜 그런 말을 했을까. 사람들 앞에서 말로 얻어맞고 저녁을 준비해야 하는 그이의 마음은 어떨까. 아빠가 등장하기 전까지 엄마와 같이 즐거워했던 아이의 기분은, 그 시간 이후 어떻게 변했을까. 무슨 대단한 일이라도 되는 양 말하고 있지만, 멀리 갈 것도 없다. 어릴 때 우리 집 저녁도 곧잘 이런 분위기에 휩싸이곤 했다. 밥알을 씹고 있는지 돌을 씹고 있는지 모를 만큼 혼줄나던 기억은 생생한데, 무엇 때문에 그 사달이 났는지는 잊었다. "일단 밥부터 먹어. 먹고 보자"라던 아버지의 으름장. 밥상에 계란 프라이가 올라왔다 한들 그 밥이 맛있었을 리 만무하다.

집으로 돌아가는 길, 얼른 온기를 되찾고 싶었다. 음악 안에는 아름다운 멜로디와 포근한 가사로 지어진 따뜻한 집들이 있으니까. 뒤적여보니 여러 집이 보였는데 2PM의 〈우리집〉이 먼저 눈에 띈다. 클릭하고 싶었지만, 10분 뒤에 저 앞에서 연인을 만나 들어가는 집이라면 편안하기보단 긴장으로 몸이 떨릴 테니 아무래도 정신 건강엔 안 좋겠다. 그러니 그냥 크로스비, 스틸스, 내시 앤 영의 〈우리 집〉에 들어갔다. 이 집 안에는 퇴근길에 사들고 온 꽃이 화병에 꽂혀 있고, 거실에는 '불멍'할 수 있는 페치카가 있으며, 뒷마당에는 고양이 두 마리가 어슬렁거리고 있다.

차갑고 무서운 세상에서 안식을 주는 곳은 집일 테지만, 그렇지 않은 집이 더 많고 그럼에도 밤이면 돌아가야 할 곳 역시 냉기가 맴도는 집밖에 없다면, 그런 게 슬픔일까. 영화 「노 매드랜드」를 보니까, 집이 근사해도 마음 없이 몸을 눕혀야 할 땐 그저 거주 공간인 하우스일 뿐이더라. 반면에 허름한 집이라 해도, 도로 위를 달리는 차를 집으로 쓴다 해도, 지친 마음에 안식을 주는 곳이라면 거기가 바로 집이더라.

오늘 당신은 어떤 곳에서 시간을 보내고 집으로 가고 있을까. 한기를 느꼈다면, 이 노래로 잠시나마 온기를 되찾으면 좋겠다.

음력 보름날 밤에
온전히 뜨는 둥근 달,
망월

정태춘, 〈5.18〉

2021년 11월 23일 아침 8시 45분. 전두환이 자택에서 화장실에 가던 도중 사망했다. 향년 90세. 그렇게 '나쁜 사람'이 어찌 그리 명은 길까, 혀를 차는 사람은 보았어도 그가 진짜 죽길 바라는 사람은 본 적이 없다. 그런 그가 죽었다. 그것도 뭇사람과 달리 평범하고 평안하게. 그보다 한 달 앞서 노태우도 죽었다. 생전에 쿠데타로 뜻을 모았던 동무가 죽음길에도 동행했으니, 그는 떠나는 길마저 외롭지 않았다. 한평생 살아누린 나이라는 뜻의 '향년'은 그래서 그에게 꼭 맞다.

사망 당일, 각종 매체는 그가 겨눈 총부리에 얼룩진 오욕의 현대사를 총평하고 그의 일대기를 정리하기 바빴다. 현대사는 사과 한마디 없이 죽어버린 그가 아니라, 그 모든 과정을 지켜보고 감내해온 사람들이 쓰는 것인데, 언론은 매번 애먼 짓을 한다.

전두환이 죽은 다음 날, 한 일간지에 염동유 씨(65세)가 나왔다. 그의 몸에는 장장 40년 동안 전두환이라는 이름이 달라붙어 있었다. 그는 화순에서 중학교를 중퇴하고 광주로 넘어와 일하다 고향 집에 다녀오는 길에 대인동 터미널에서 군인들에게 얻어맞았다. 그날 이후 그는 시위에 합류했다. 열흘간의 항쟁 마지막 날인 5월 27일에는, '다음'을 기약할 수 없어 바지 뒷주머니에 이름과 주소를 적은 쪽지를 넣어두었다. 목숨은 부지했지만 상무대 영창에 끌려가 군인들에게 다리를 지근지근 밟혔다. 그는 군 법정에서 7년을 선고받고, 항소해 3년 형을 살았다. 특별사면으로 풀려난 게 1981년 4월. 이후 그는 허리와 다리 수술을 열세 차례나 받았다.(『한겨레』 2021년 11월 24자) "40년간 내 몸에 붙어 있던 그 이름, 전두환이 죽다니." 전두환의 무난한 죽음으로 몸의 이상을 느낀 사람이 염동유 씨만은 아니겠지만, 그는 전두환이 죽었다는 문자를 받자마자 온몸이 부들부들 떨렸다고 한다.

전두환이 누군가. 법정에 나와 사죄할 마음은 없어도, 골프채를 들고 필드를 활보할 여유는 있었던 사람이다. 추징금은커녕 재산이 29만 원밖에 없다는 발언으로, '29만 원'을 거짓말이라는 속뜻을 지닌 보통명사로 만들어버린 사람이다. 악의 본성이 인간에게 내재돼 있다면, 악의 화신은 그가 아닐까

믿게 만들어준 사람이다. 누구나 꿈꾸는 평범한 말년이 그에게만은 허락되지 않기를 바라게 하던 사람이다. 그가 죽어야 한다면, 죽음 이전에 온몸의 통증이 나날이 깊어져 차라리 그만 살고 싶다 여길 바로 그때, 죽을 수도 살 수도 없는 고통의 연옥에 갇히기를 바라게 만들던 사람이다. 그의 이름을 떠올리면 야만의 세월도 함께 떠올라, 사는 일을 부끄럽게 만들던 사람이다. 이렇게 문장마다 사람이라 붙이고 나면 그도 정말 '사람'이었을까, 회의하게 만들던 이름이다.

그런 그가 설령 5.18 영령들 앞에, 지금도 고통받고 있는 당사자들 앞에 사죄했다 한들, 그래서 정의가 한 줌이라도 실현된다 한들, 무엇이 얼마나 달라졌을까. 그랬대도 잠깐 나갔다 오겠다고 했다가 사라진 아들과 이대로 보고 있을 수만은 없다며 주먹밥 만들러 나간 딸이 살아 돌아올 순 없다. 단 한 번만이라도 좋으니 그 자식들을 보고 싶어하는 부모 마음도 어루만져줄 순 없다. 무슨 말이냐면, 알량한 말 따위로는 절대로 빚을 갚을 수 없다는 것이다. 그럼에도 죄지은 자가 용서를 빌고 응분의 값을 치러야 하는 이유는, 해원解冤의 단초를 제공할 수는 있기 때문이다.

원통함을 푼다는 뜻의 해원은, 가슴속에 맺힌 단단한 응어리가 감쪽같이 사라진다는 게 아니다. 그보다는 커질 대로 커진 응어리가 꽉 막고 있어 다른 감정이 흐를 새 없는 마음에 다른 감정들이 드나들 수 있게 길을 내는 일이 해원일 것이다. 그 과정이 있어야 맛있는 걸 먹으니 행복하다는 기쁨이 먼저 오고, 이걸 내 아이와 함께 먹을 수 있다면 좋을 텐데 하는 그리움이 뒤따라오더라도, 죄책감으로 괴로워하지 않을 수 있다. 두 감정이 마음 안에서 다투지 않을 수 있다.

세상에는 그렇게나 무례한 죽음도 있음을 목도한 그즈음, 서울독립영화제에서 정태춘의 삶과 작품을 다룬 다큐멘터리 「아치의 노래, 정태춘」을 보았다. 영화는 1954년생인 정태춘이 기타와 붓을 들고 온몸으로 통과해온 영욕의 세월을 보여주지만, 간절히 노래하고 싶기에 더는 노래할 수 없는 자의 번민도 함께 보여준다. 노래하는 자가 더 이상 노래하지 않기로 마음먹었다면, 그에게 이 작심은 고통이 아니고 무엇이랴.

〈시인의 마을〉이라는 서정적인 노래로 세상에 이름을 알린 그는 언제부턴가 〈촛불〉이나 〈북한강에서〉처럼 대중이 듣길 원하는 노래보다는, 우리가 발 딛고 선 이 땅에 짙게 드리운 어둠과 슬픔에 대한 노래를 했다. 그런 그가 원하고, 그를 원한 곳은 딱히 오를 무대라고는 없고 대중과는 너무나 가까운 자리, '현장'이었다. 그는 청계천 피복 노동자들 사이에서, 오랜 단식투쟁으로 바짝 야윈 전교조 선생들 앞에서, 노인들을 투사로 만들던 평택 대추리에서, 각을 세우는 데 이력이 난 사람처럼, 경계와 모서리에 있어야 안심하는 사람처럼 지금 여기서 일어나는 야만의 사건들을 노래로 이야기해왔다.

영화는 끝났지만 내 귓전엔 사이렌과 군홧발과 헬기 소리로 시작되는 그의 노래 〈5.18〉이 내내 맴돌았다. 그는 이 노래로 그날 네가 본 것이 무엇인지, 네가 들은 게 무엇인지 묻고, 꽃잎 같은 주검을 잊지 마라 한다. 만일 '그날'을 보진 못했다면 그날을 전해 들은 우리는 지금 어디서 무얼 하고 있는지도 묻는것 같다. 질책 같아 아픈데, 원망스럽진 않다.

망월동 구舊묘역을 찾아간 정태춘이 묘비 앞에 고개를 숙였다. 기도하는 그를 보고 있자니 망월은 어째서 망월일까 문득 궁금해졌다. 사전에 망월은 '음력 보름날 밤에 온전히 뜨는 달'이라고 풀이돼 있다. 아, 그러한가. 만일 그 뜻이 아니라 해도 단박에 그리 믿고 싶어진다. 망월의 묘비들이 온전한 달빛을 받아 내내 따스하길. 영원토록 그러하길.

남의 말을
좋게 합시다

로Low
〈나는 농담을 시작했다I Started a Joke〉

몇 년째 쓰지 않고 재워둔 가구를 버리려 했더니 주민센터에 돈을 내고 스티커를 발부받아야 한단다. 더는 회전하지 않는 회전의자 스티커 가격은 5000원. 오랜 시간 썼는데 버리려니 어쩐지, 같은 애틋함은 돈을 내고 나자 사라졌다. 사회복무요원이 스티커를 발부하는 동안, 작은 상자에 가지런히 꽂힌 안내지를 읽다가 글자가 박힌 대리석을 발견했다. 거기엔 "남의 말을 좋게 합시다"(○○구 비전위원회)라고 적혀 있었다. 무릇 비전위원회라면 이런 정도의 비전은 줘야 하는구나. 민원인들이 숱하게 찾아오고 가끔은 고성이 오가기도 하는 곳이 주민센터라는 걸 감안하니, '가는 말이 고와야 오는 말이 곱다' 같은 속담보다는 농담에 가까운 이 말이 더 재치 있게 느껴졌다.

비지스Bee Gees가 1968년에 발매한 앨범 《이데아Idea》에는 그 유명한 〈나는 농담을 시작했다I Started a Joke〉가 담겨 있다. 나는 농담을 시작했다니, 이 농담이란 게 대체 뭘까. 노래만 내놨다 하면 가뿐히 차트 상위권에 오르니까 히트곡 제조기라 불리던 비지스. 사는 동안 비지스 노래 한 곡 안 들어본 사람이 있을까 싶게 우리 귀에 익은 레퍼토리도 많지만, 내가 좋아하는 노래는 이 희한하고도 재미난 제목의 〈나는 농담을 시작했다I started a joke〉다. 하지만 가사를 찬찬히 들여다보면 이게 또 마냥 웃고 있을 수만은 없는 내용이다. 내가 웃자 사람들이 울고, 내가 울자 사람들이 웃는 상황이라니. 그럼 이건 나만 모르고 세상 사람은 다 아는 이야기이거나, 나는 알지만 세상 사람들은 모른다고 나만 착각하는 이야기인 걸까. 그 웃긴 이야기가 다름 아닌 '나'에 대한 것이라면, 이 농담은 하나도 웃기지 않고 너무 서늘해서 울고 싶어질 텐데?

어릴 때 친구와 주고받던 농담은 대체로 시시껄렁해서 무해한 것이었다. 어른이 되고 보니 웃자고 한 말이 액면 그대로 웃긴 건 아니더라. 한자리에서 다 같이 웃어놓고 "지금 그 말 속에 담긴 뼈를 생각해보세요"라고 말하는 이도 있었으니까. 누군가의 말에 뼈가 들어 있다면 상대방은 그 말을 바로 들을 순 없을 것이다. 뼈는 단단하니까 일단 듣는 이의 귀를 탕 친 다음 바닥에 떨어질 것이고, 뼈로 귀를 맞았으니 당연히 귀가 아플 것이다. 아픈 귀를 매만지면서 생각해볼 것이다. 지금 저

이가 농담이라고 한 말은, 실은 나를 못마땅히 여겨 한 말이었나?

『논어』「위정爲政」편을 보면, 공자는 60세가 되니 뭐든 듣는 대로 이해할 수 있게 되었다고 했다. 모든 걸 이해할 만큼 귀가 순해지는 나이가 이순耳順이라는 건데, 그때가 되면 마침내 귀가 연해져서 말 속에 든 뼈가 날아들어도 아프지 않게 되는 걸까. 그러면 그 사람은 세월을 통해 유순해진 사람일까, 아니면 더 단단해진 사람일까.

영국에 악틱 몽키즈Arctic Monkeys가 있다면 한국엔 잔나비가 있는데, 잔나비의 노래 중에 〈꿈과 책과 힘과 벽〉이란 곡이 있다. 멜로디는 깃털처럼 가볍지만 듣다보면 마음이 점점 무거워지는 이상한 노래다. 꿈꿨으나 이루지 못한 것들, 읽다 만 책, 나를 억누르고 옥죄는 보이지 않는 힘, 그리고 결국엔 이것들 때문인가 싶게 벽처럼 느껴지는 인생이 이 노래에 담겨 있다. 꿈과 책 안에서만 살고 싶으나, 힘과 벽 사이에 끼어 괴롭기만 한 사람들이 또 얼마나 많을 텐가. 그러니까 힘과 벽 사이에서 견뎌내기가 너무 힘들어서 말 속에 든 뼈 정도로는 아프다고 말하지 않는 사람들도 있는 것이다.

그럼에도 나는 용기를 내어, 주민센터에 붙어 있던 "남의 말을 좋게 합시다"를 내 일터 입구에도 붙여놓고 싶었다. 그러면 그걸 읽고 들어오시는 분들은 남의 말을 좋게 하기는 어려워할지라도, 나쁘게 하는 것은 삼가지 않을까. 그런 마음으로

55

데스크로 나섰건만, 입구에 들어서면서부터 존재감을 드러낸 남자는 일단 (큰)소리부터 치기 시작했다. 그러자 먼저 와 있던 다른 이가, "그 목소리 한번 되게 작네"라고 핀잔을 주었다. 그랬더니 남자는 "그래? 그렇다면", 하고는 목소리를 더 키우는 것이었다.

아무래도 안 되겠구나. 나는 긴 한숨을 내쉬고 모니터 화면에 쌓인 민원을 들여다본다. 찾아올 힘도, 말할 기력도 없어 글을 써서 보낸 사람이 즐비하다. 그 가운데 시선이 멈춘 제목은 "제 작은 글을 보시고 꼭 좀 도와주세요"다. 글이 작다고 원망이 작을까. 집중해서 읽다보면, 어느새 마음은 순하고 연해진다. 그럴 때는 이순에 다른 뜻을 보태고 싶어진다. 이순耳順, 무엇이든 가벼이 흘려듣(읽)지 않는 나이.

비지스 원곡도 좋지만 미국 인디밴드 로의 느리고 담백한 사운드로 들어보면 좋겠다. 보컬의 한없이 느긋한 음색 때문에 과연 이 농담이 무엇인가 하고 아주 천천히 생각해볼 여유 혹은 남의 말을 좋게 하고 싶은 마음이 생길지도 모르니까.

이보다 더한 건 없는 거야,
정말 그런 거야?

록시 뮤직Roxy Music
〈이보다 더한 건More Than This〉

캠퍼스가 녹음으로 뒤덮이고 있었으니, 아마 기말고사 즈음이었을 것이다. 도서관에 앉아는 있지만 시험 때면 으레 다른 책이 더 잘 읽혔다(저만 그런 거 아니죠?). 옆에서 전공서를 보고 있던 친구가 책 표지를 들춰보더니 잘 읽히느냐고 물었다. 시험 기간인데 『안나 카레니나』가 부담 없이 읽히느냐는 말인 줄 알았다. 훗날 큰 깨달음을 주는 말이 그렇듯, 그때는 알 수 없는 말이었다.

일본어로 번역된 러시아나 미국 문학작품을 다시 한국어로 옮겨놓은 책들을 읽었다. 번역이 이상하다거나 형편없다는 생각은 하지 못했다. 그저 활자로 찍힌 책은 다 정확할 것으로 믿었다. 번역에 대해 다시 생각하게 된 건 미국 배우들이, 일본에 가서 찍은 영화를, 한국 사람인 내가 봤을 때다. 영화는 빌 머리와 스칼릿 조핸슨 주연의 「Lost in Transition」. 영어 제목을 구글 번역기에 입력해 한국어로 옮기면 '전환 중 길을 잃다'라고 알려준다. 2004년 초 한국에 개봉될 당시의 제목은 「사랑도 통역이 되나요?」였다. 그보다 앞선 2000년에 제작된 존 큐잭 주연의 「High Fidelity」의 한국어 제목도 비슷하다. 「사랑도 리콜이 되나요?」. 이쯤 되면 당시 배급사 관계자를 수소문해서라도 묻고 싶어진다. 제목 이렇게 붙여 흥행도 되(었)나요?

「사랑도 통역이 되나요?」를 다 보고 나면 한 가지는 분명히 알게 된다. 이것은 사랑 영화가 아니고, 오히려 있다고 믿었던 실상이 어쩌면 없는 것 아니냐고 관객에게 질문하는, 불교적 사유를 영상으로 구현한 작품에 가깝다는 점을. 통역씩이나 해야 할 만큼 실재하는 사랑에 대해서가 아니라, 생의 어느 국면에 접어들자 잃어버렸거나 잃어가는 중인 '무엇'에 대해 말하는 영화인 것이다. 그래도 사랑도 통역이 되냐고 번역한 배경에는 내가 모르는 어떤 뜻이 있지 않을까. 이번엔 영화 관계자 입장에서 생각해봤다.

정극, 코미디, 액션을 모두 소화해내는 미국 배우 밥 해리스(빌 머리)는 위스키 광고 촬영차 일본에 갔다. 반면 샬럿(스칼릿 조핸슨)은 사진작가인 남편과 함께 일본에 갔다. 바쁜 남편은 샬럿과 같이 있을 시간이 없는데, 물리적인 시간보다 둘

사이엔 정서적 교감이란 게 없어 보인다. 이게 이유의 전부는 아니겠지만, 어쨌든 샬럿은 혼자 다닌다. 밥과 샬럿은 같은 호텔에 머무는 미국인이라는 것 외엔 공통점이 없지만, 이야기가 진전되면 관객은 안다. 말이 통하지 않는 타국에서 두 사람다 겉도는 이방인일 뿐이라는 걸.

밥은 위스키 광고 감독이 자신에게 연기해주길 요구하는 긴 주문을, 단지 "강렬한 눈빛으로 카메라를 봐주세요"라는 한마디로 잘라먹어버리는 통역사 때문에 돌 지경이다. 기나긴 저쪽의 말이 한 구절로 뭉뚱그려지는 상황은 이후에도 반복되고, 몇 번을 들어도 못 알아듣겠는 일본식 영어 때문에 밥은 정신까지 혼미해질 지경이다.

밥보다는 먼저 짐을 풀었다는 이유로 좀더 유연하지만, 샬럿도 이 안에서 어정쩡하기는 마찬가지. 그런 두 사람은 해가 저문 밤 호텔 바에서, 이른 아침 수영장에서, 서양인은 드문 널따란 로비에서 적잖이 마주치며 애매하게 끼어 있는 서로의 상태를 확인한다. 둘에게 모국어와 타국어 사이를 잇는 통역이란 아무래도 의미 전달이 잘 안 되고, 된다 해도 별 의미가 없다.

물론 상대가 무슨 말을 하고 있는지 정도는 전달받을 수 있다. 모르는 언어가 전부 번역되고 있으리라 기대하는 건 무리니까, 듣는 이도 어느 정도는 말의 누수를 고려하고 듣는다. 그리고 이때는 이해를 전제하고 넘어갈 수 있다. 정작 의미가 어긋나는 지점은 한 번 거쳐 오는 말이 아니라 직접 하고, 듣는 말이다. 둘은 모국어로 대화하고 있고 "응" "맞아"라고 열심히 대꾸도 하지만, 전화를 끊고 나면 방금 서로가 한 말을 같은 뜻으로 이해했는지 의심스러울 때가 있다.

밥은 미국의 아내와 통화한다. 아내는 일본은 어떻냐고 밥에게 짧은 안부를 건네곤 곧장 공사 중인 집 바닥에 깔 카펫 색깔을 결정하라고 재촉한다. 뭐든 상관없으니 당신 좋을 대로 해, 뭐 그런 식의 짧은 용건이 바닥나고 전화를 끊을 때, 둘은 "사랑해"라고 말한다. 이 말은 그만 전화를 끊자는 마침표로 기능할 뿐이다. 말이 어긋나기는 샬럿과 남편도 다르지 않다. 낯선 나라에서 점점 지쳐가는 아내의 상태를 모르는 남편은 샬럿에게 자신이 없는 동안 밖에 나가 놀며 친구들을 사귀라고 한다.

살아오면서 나는 밥인 적이 있었고, 샬럿인 적도 있었다. 물기 어린 말들은 다 증발해버리고 말라비틀어진 마른 말들만 남자, 우리는 이런 말만 하기도 했다. 차 키 어디 됐어? 나갈 때 쓰레기봉투 버리는 거 잊지 마. 돌아올 때 우유 좀 사와. 거기 불 좀 꺼줘. 먼저 자.

록시 뮤직은 〈이보다 더한 건〉에서 묻는다. 혹시 아니? 간밤에 내린 비와 떨어진 낙엽은 어디로 사라지는지, 이쪽으로 밀려온 파도는 어디에서 와서 어디로 사라지는 건지. 모른다고? 그것 참 안됐군. 그런데, 그거 알아? 그보다 더한 건, 정말이지 그보다 더한 건, 우리에겐 떠나온 세계도 돌아가야 할 세계도 없다는 거야. 놀랍지 않니? 아니 놀라지 않을 수 있어? 이보다 더한 건 없다는 게.

무엇도 없다는 게 좀 많이 두려우니까, 이쯤 되면 우기고도 싶어서 사랑도 통역이 된다고, 그럴 수 있다고 한 걸까. 모르겠다. 제목이고 뭐고 다 떠나서, 빌 머리가 극중에서 록시 뮤직의 〈이보다 더한 건〉을 부를 때 그 눈빛, 그 텅 빈 눈만은 어찌 해도 잊을 수 없을 것 같다.

이것은 사랑 노래가
아니다

어스 윈드 앤 파이어Earth Wind & Fire
〈사랑이 가버린 후After the Love Has Gone〉

한때 라디오만 틀면 나오던 노래가 있었다. 티시 이노호사 Tish Hinojosa는 자꾸만 〈어디로 가야 하냐Donde Voy〉고 물었다. 멜로디가 몹시 구슬펐기 때문에 사랑을 잃고 헤매는 내 마음은 어디로 가야 하느냐는 하소연인 줄로만 알았다. 너무 자주 들리니까 짐작은 확신이 되었다. 1990년대 초, 지금처럼 휴대폰만 열면 곡 정보를 찾아볼 수 있었던 때도 아니어서 노래 가사를 찾아볼 생각은 하지 않았다. 그리고 이 노래를 잊었는데 장 보는 마트에서 실로 오랜만에 이 노래가 들려왔다. 갑자기 궁금해졌다. 도대체 뭘 노래하는 걸까. 장 보다 말고 한글 자막이 달린 〈어디로 가야 하나〉 클립을 찾았다. 가사를 따라가며 노래를 듣다가, 이런 게 '개안'일까 싶을 만큼 놀랐다. 맙

소사, 이 노래는 사랑 노래가 아니었다!

여자는 희미한 새벽녘을 달리고 있다. 달리고 있다지만 실은 쫓기는 신세. 그녀는 태양이 자신을 비추지 않길 간절히 기도한다. 해가 들고 자신의 존재가 드러나면 이민국에 신고가 들어갈 테고 곧 붙잡히고 말 테니까. 그녀는 이민국 단속을 피해가며 하루 벌어 하루 사는, 고단한 미등록 이주노동자인 것이다. 그녀는 타국(아마도 미국)에서 온갖 허드렛일을 하며 돈을 모은다. 고생고생해서 모은 얼마간의 돈은 고향의 연인에게 보낸다. 여자는 연인에게 당부한다. 당신은 곧 돈을 조금받게 될 거야, 그 돈을 받으면 내게 와주면 좋겠어. 그러고는 되풀이되는 가난과 불행 앞에 어쩔 줄 모르겠다고, 어디로 가야 할지 모르겠다고 노래하는 것이다. 아니, 탄식하는 것이다.

처음 들은 때로부터 이토록 오랜 시간이 흐른 뒤에야 이노래의 실상을 마주했다. 이 '너무 늦게 앎'이 한동안 나를 괴롭혔다. 이제껏 내가 본 어떤 것은 제대로 본 것이 아니었나? 내가 안다고 여겼던 어떤 것은 실은 잘 모르는 것이었던 거야? 내가 했던 말의 상당 부분은, 어디선가 들은 오해와 억측을 여과 없이 다시 전한 것에 불과했겠지? 꼬리에 꼬리를 무는 의문이 이 노래를 '다시 앎'과 동시에 일제히 일어났다.

시간이 많이 흐른 뒤의 세상을 상상해보던 때가 있었다. 텔레비전 앞에 앉아 「은하철도 999」를 넋 놓고 보던 초등학생에게 2000년대는 가늠할 수 없는, 멋대로 그려도 좋을 첨단의 미래였다. 2020년이 오면 만화 속 철이와 메텔처럼, 우주를 나는 기차까지는 아니어도 비행기 아닌 교통수단이 하늘을 날아다니고 있지 않을까. 도로가 막히면 버스나 택시가 낮게 떠올라 공중을 날다가 흐름 좋은 구간으로 보기 좋게 안착하는 풍경처럼 말이다. 하지만 2020년은 기대와는 전혀 다르게 왔다. 아마도 버지니아 울프의 표현이 적절할 것이다. "미래는 어둡고, 나는 그것이 미래로서는 최선의 모습이라고 생각한다."(리베카 솔닛, 『남자들은 자꾸 나를 가르치려든다』, 김명남 옮김, 창비, 2015, 121쪽)

2019년에 왔다고 해서 19라는 이름을 단 바이러스가 불청객처럼 찾아온 뒤, 사람들이 딛고 선 땅은 온통 지뢰밭으로 변했다. 바이러스에 맞서느라 국경은 폐쇄됐고, 사람들은 바이러스의 위협을 버티느라 진이 다 빠졌다. 맞서고 버틴다는 말도 얼마나 인간중심적인가. 바이러스는 단 한 번도 사람을 적으로 생각한 적 없을 텐데. 그것들은 그저 거처할 공간, 몸이라는 숙주를 찾아서 올 뿐이다.

바이러스뿐인가. 이제 여름은 이전보다 더 습하고, 더 뜨거워지고 있다. 습도가 높으면 작물에 병이 생기고, 건기가 길어지면 벌레가 많아진다. 물리치겠다고 화학비료를 마구 쓰면, 비용은 별도로 쳐도 계속 뿌리다보면 토지가 산성으로 바뀐다. 주저하는 농부들이 있겠지만 오래 버티기는 어려울 것이다.

추석에 시골집에 내려가 아버지와 들녘을 걷다가, 태풍으로 쓰러진 가을걷이를 일으키는 농부를 보았다. 걸음을 못 떼고 있으니 아버지가 요즘은 농사꾼들도 다 보험 들어놔서 예전만큼 손해 보진 않는다, 하신다. 마늘 농사짓는 지인에게 그게 참말이냐 물으니 절반만 맞다 한다. 재해보험이 있긴 해도 사실상 보험 기능은 제대로 못 하는데 한 번 받으면 그다음에는 전에 받은 만큼을 제하고 보험료는 오르니까, 이듬해에도 날씨가 같은 모양새면 보험 덕은 못 본다는 것이다. 형편이 더 어려운 이들은 농지를 임대해 농사짓는 사람들인데, 고정요율이 아닌 공시 쌀 가격에 맞춰 임대료를 지불해야 하기 때문에 손해가 빤하다 했다. 지인의 아버지는 남쪽 땅끝에서 30년 넘게 쌀농사를 지어왔지만, 요 몇 년처럼 힘든 시기는 없었다고 한다. 긴 장마로 벼에 도열병이 생겨 미질米質이 떨어졌고, 수확량은 절반으로 줄었다. 초여름인데도 아침 9시가 안 돼서 기온이 오르기 시작하니, 일하다 탈진하는 경우도 잦았다. 가물 때도 상황이 나쁘긴 마찬가지. 오래도록 가물면 염분을 삭이지 못한 땅은 작물을 품을 수 없다. 그렇게 장마고 가뭄이고 몇 해 거듭되면 가족이 뿔뿔이 흩어지기도 한다고.

농부가 똑같은 품을 들였고 볕과 비와 바람도 똑같이 맞았지만, 태풍이 할퀸 탓에 바닥에 먼저 떨어졌고 덩달아 상품성도 떨어진 사과가 '주스용'이라고 매대에 뭉텅이로 놓여 있다. 주스용을 카트에 담으며 '기후가 위기'라는 말을 생각한다.

65

이 말은 '지구가 둥글다'만큼이나 자명하지만 내 선에서 그 지구를 지키는 방법은 봉투 드릴까요, 하는 계산원의 말에 기껏해야 에코백을 내미는 정도다.

처음엔 이름 때문에 어스 윈드 앤 파이어를 좋아했다. 땅과 바람과 불이라니. 그들은 그룹명을 삼라만상을 다 아우르듯 지어놓고, 우린 아무것도 몰라요 싶은 얼굴로 발랄하게 "두 유 리멤버~"라 하고 〈9월September〉을 부르거나, 〈그루브를 타자Let's Groove〉고 꼬드긴다. 그 모습을 보고 있으면 잠시 시름이 가셨다. 그러다가 공연 마지막 노래로는 웃음기를 싹 거두고 달달한 발라드, 〈사랑이 가버린 후〉를 부르는 것이다. 환희는 사라졌고 사랑이 가버렸는데 이제 어찌 해야 하냐고 묻는다. 그래, 그렇다면 이 노래는 이별후애離別後愛가 분명하겠지만, 내 맘대로 또 착각을 시작한다. 이 노래가 사랑 노래로 들리지 않는 것이다.

믿고 있던 세계가 흔들리기 시작하면 우리는 어쩌나. 우리를 둘러싼 세상이 사라지고 나면 세계가 우리에게 종말을 고하면 이렇게 들린다. 그래서 이 노래는 티시 이노호사의 〈돈데 보이〉처럼, 본조비의 〈이것은 사랑 노래가 아니야This Ain't a Love Song〉처럼 사랑 노래가 아니다. 세계가 바뀌고 난 '이후'를 묻는 '세기말 송'이라고 또 내 맘대로 해석하고 마는 것이다.

어떤
이상한 사람

앨 그린Al Green
⟨부서진 마음을 어떻게 고칠까
How Can You Mend a Broken Heart⟩

어제 읽은 그 시를 오늘 다시 읽고 책 표지로 돌아온다. 분명 같은 시집인데 어제와는 느낌이 다르다. 어제 못 본 걸 오늘은 본 걸까. 아니면 오늘의 내가 어제와는 다른 사람인 걸까. 지금 이어폰을 타고 흐르는 앨 그린의 목소리도 나뉜 이어폰 줄을 타고 두 갈래로 들린다. 무거운 고통에 짓눌린 것 같기도 하고, 이승에는 아무런 뜻이 없다는 듯 가볍기도 했다. 그런저런 잡념에 빠져 있을 때였다. 옆 테이블 말이 내 쪽으로 넘어왔다.

"오늘 아침에 김 대리 말하는 거 진짜 이상했지?" "저 여자 옷차림 봐, 이상하다 그치?" "아아, 우리 엄마 점점 이상해지는 것 같아." 마주 앉은 남자의 목소리는 들리지 않았지만 여자의 목소리는 지나치게 잘 들렸다. 여자는 이상하다는 말을 세 번이나 했고 그때마다 이상한 사람은 달랐다. 너는 커서 어떤 사람이 되고 싶니, 라는 질문에 저는 이상한 사람이 되고 싶어요, 라고 말할 사람이 있을까만, 저 말에 따르면 우리가 무언가 되어야 한다면 가장 되기 쉬운 사람은 이상한 사람인지도 모르겠다.

자신과의 약속이라는 듯 정기적으로 찾아오는 사람들이 있다. 오늘도 A씨가 오셨다. A씨는 일단 자리를 잡고 나면 혼잣말을 시작한다. 매번 들어도 잘은 모르겠지만 그럼에도 요약해본다면, 당신의 인생은 잘못됐다는 것이다. 잘못돼가는 인생 사이사이엔 욕도 섞여 나온다.

A씨는 수십 년 전 어디에선가 '공권력의 횡포'(이 말만은 또렷하다)로 인생이 어긋났다. 어긋난 인생을 바로잡기 위해 그 일과 관련 있어 보이는 기관은 모두 찾아다녔지만 어디서는 증거가 없어 입증할 수 없다 하고, 어디서는 시효가 다 지났다 하고, 어디서는 자기네 소관이 아니라 한다. 가는 곳마다 안 된다고 하니 다들 한통속 같아 부아가 치밀지만 그럼에도 그 모든 곳을 처음인 듯 다닌다. 어느 한 날은 정말 궁금하다. 안 된다는 말을 귀가 따갑게 듣는데도 A씨는 왜 굳이 오(가)는가. 동료가 그런다. 안 오면 또 어쩔 건데. 여기 오는 일 말고는, 거기 가는 일 말고는 달리 무슨 일이 있겠어? 정말 그런 걸까.

그런 사람인데 한동안 발걸음이 뜸하다. 연세도 있고 날도

찬데 싶어 마음이 쓰이던 차, 괜한 걱정이었구나 싶게 A씨는 다시 온다. 반가움(?)은 잠시. 그는 역시나 언성을 높이면서 이 번엔 더 오래 머문다. 제발 그만 돌아갔으면 싶다. 밀어내려는 기운이 극에 달하니까 A씨는 더 거칠어진다. 이 역동은 반복된다. A씨가 내고 간 서류에는 또 설명이 너저분하게 달린 포스트잇이 붙는다.

지난해 초 이 부서로 자리를 옮기고 맡게 된 일들은 녹록지 않았다. 짧은 통화만으로도 드러나는 한 사람의 복잡한 가족사를 들어야 할 땐 괴로웠다. 자식이 부모를, 부모가 자식을 정신병원에 가두기도 했다. 어떻게 가족을 병원에 가둘 수 있을까. 쉬 이해되지 않았지만 더 많은 '사건'을 접하고 나서야 그들이 가장 듣기 싫어하는 말이 '어떻게'임을 알았다. 그 형편, 그 상황, 그 처지가 아니고서는 도저히 알 수 없는 세계의 초입에, 사람들의 말 '어떻게'가 떠돌고 있었다.

책상 달력 여백에 적어둔 "사고가 아니다, 사건이다. 사건이 아니고 사람이다"라는 문장은 이번 달로 넘어가니 시야에서 사라져버렸다. 이달 여백에 다시 적어야 할까 고민하다가 그만둔다. 몰라서 못 하는 것이랴.

지치고 상한 마음을 어루만지는 블루스 곡을 듣고 싶다면 〈부서진 마음을 어떻게 고칠까〉가 좋을 것이다. 원곡은 비지스의 배리 기브와 로빈 기브가 만들어 1971년에 레코딩했지만,

이듬해에 녹음된 앨 그린 버전이 더 끈끈해서 더 깊숙이 와닿는다. 듣다보면 흠뻑 위로받는 느낌이지만 노랫말을 요약하면 부서진 마음은 어찌해볼 도리가 없다는 것이다. 그러니 A씨가 또 오면 반기지는 못해도 얼른 가시라고는 말아야 할 텐데.

진심이
깃드는 순간

이영훈, 〈일종의 고백〉

내게 '영원'은 열 길 물속은 알아도 한 길 사람 속은 모른다고 할 때의 그 사람 속 같다. 영원이라는 말이 들어가면 의심부터 하고 보는데, 이를테면 곡이 참 좋아도 가사에 '영원히'(혹은 forever)가 들어가면 참 좋음에서 그 참이 떨어져버린다. 아니다. 영원이란 단어가 들어가도 의심 없는 문장이 있긴 하다. '모든 것은 변할 뿐, 영원한 것은 없다.' 나는 아무래도 고약한 심술쟁이인 걸까.

짐작하기로는 중학교 시절, 가사 선생의 영향이 있을 것이다. 그녀는 하나님을 믿으면 영혼이, 영원히 죽지 않는다 했다. 죽어서도 살 것이라 했다. 하나님과 영생을 믿지 못하니까 모두들 마음이 춥고 가난하다 했다. 집도 가난한데 마음까지 가

난해야 한다고? 어째서 그리되는 것인지 우리 중 누구도 손들
어 묻지 못했지만 선생이 1년 가까이, 좀 가혹하다 싶게 늘어
놓던 하나님과 영생 때문에 한 가지는 확실히 믿을 수 있었다.
저 말들은 도무지 믿지 못하겠다는 것. 하지만 말의 위력은 대
단한 것이어서 자신감이 한없이 떨어지는 어떤 날에는 아, 지
금 내 마음이 춥고 가난해서 이리되는 것인가 싶었다. 선생의
그 말이 마음속 어딘가에 씨앗으로 떨어진 것인지 몸의 기운
이 아래로, 더 아래로 꺼질 때는 씨앗에서 뻗어나온 줄기들이
질긴 넝쿨로 변해서 두 발을 휘감기도 했다. 묶인 건 발인데
잠에서 깨어보면 손에 땀이 흥건했다. 그런 새벽엔 그 선생을
'영원히' 미워할 수 있을 것 같았다. 하지만 미워하는 일도 힘
이 있어야 하고 무엇보다 관심이 가야 가능한 일이었다. 그렇
다면 '순간'은 어떨까.

 늦은 밤, 혼자 택시를 타려면 어느 정도 용기가 필요하다.
차 안에 있는 내내 나도 모르게 두 손에 힘이 들어가는 것이
다. 며칠 전 만난 택시 기사님 이야기를 하고 싶어 이런다. 목
적지를 말하고 눈을 감았는데 잠시 후 기사님 휴대전화가 울
렸다. 곧이어 스피커 모드를 통해 새어나오는 차분한 목소리.
어디쯤 와요? 국 다 식는데. 안 그래도 손님 내려드리고 전화
하려 했어요. 집 같은 방향 손님 태웠어요. 금방 가요. 갑자기
사적인 대화를 엿듣게 된 것 같아 좀 겸연쩍은데 전화를 끊자
마자 기사님 하시는 말씀, 시끄럽게 해서 미안합니다. 먼저 먹

으래도 저래요. 이 사람도 좀 전에 일이 끝났거든요. 아, 네. 짧게 대꾸했지만 속으로는 조금 놀랐다. 저편에 있는 사람을 마치 여기 있는 듯 '이 사람'이라고 칭하는 사람이 정말 있다니. 기사님이 달리 보이는 순간이었다.

밤이 깊었으므로 차량은 많지 않아 도로 흐름은 순조로웠다. 신호에 걸려 파란불이 들어오길 기다리는 중인데 또 하시는 말씀, 자식 하나 있는 거 먼저 보내고 달리 마음 줄 데가 없어 둘이 의지하며 삽니다. 음, 기사님. 이렇게 훅 들어오시다니요……. 그리 길지 않은 터널을 빠져나올 때쯤 내 안에도 어떤 말이 고였으나 입 밖으로 나오진 않았다. 이윽고 집 앞. 단말기에 카드를 대자 삑 소리가 났다. 볼일이 끝났으면 내려도 좋다는 신호지만 나는 말했다. 제 부모님도 오래전에 둘째를 잃으셨어요. 저도 가끔 오빠가 보고 싶고요. 조심히 들어가세요. 택시에서 내리고서야 알았다. 저 안에선 내 두 손이 느슨했음을.

저 택시 안에서처럼, 아는 사람보다 모르는 사람과 더 편안할 때가 있다. 좋은 계절 다 보내고 왜 무엇도 볼 것 없는 추운 겨울에 휴가를 잡았냐고 친구가 물어도 씩 웃기만 할 뿐 할 말도, 하고 싶은 말도 없었다. 그래놓고 왜 한사코 짐을 꾸려야 했는지 열차 옆자리에 탄 낯선 이에게는 어느 순간 털어놓는 것이다. 그러면 또 신기하게 그도 제 이야기를 들려준다. 참 이상한 일이다.

싱어송라이터 이영훈은 〈일종의 고백〉을 그런 우연한 순간에 기대고 싶어 쓴 게 아닌가 싶다. 마음먹은 대로 잘 되지 않던 정인情人과의 관계를 힘들어하는 화자는 "나는 가끔씩 이를테면 계절 같은 것에 취해 나를 속이며 순간의 진심 같은 말로 ~" 상대에게 무언가를 속삭이고 싶어한다. 물론 택시 기사님과 나는 짧은 시간 동안 "나를 속이며" 순간의 "진심 같은" 말을 한 건 아니었다(고 믿는다). 또 그가 자신이 태우는 모든 승객에게 그리한다고도 생각하지 않는다. 아마도 택시를 모는 대부분의 시간은 승객을 태우고도 침묵으로 일관하거나, 라디오에서 나오는 노래를 작게 흥얼거리거나, 뉴스 어느 꼭지에서는 분노 어린 말들을 내뱉을 수 있다. 그런 건 혼잣말에 가깝고, 그편이 그에게 편하기도 할 것이다. 나도 마찬가지다. 늦은 밤 타는 택시는 끝나지 않은 일을 처리하느라 막차 시간을 놓친 선택일 수 있고, 조금은 피곤한 만남 뒤에 오늘은 그냥 사치하고 말자 싶은 충동일 수도 있다. 그런 날은 눈을 감고 조용히 집까지 가고 싶은데 기사님이 뭔가 동의를 구하는 질문을 하거나 동조해달라는 뉘앙스를 풍길 때 혹은 신호를 무시하고 마구 달리면 점차 불안해지는 것이다. 그러니까 저 기사님 차에 탄 것은 어쩌면 행운이었고, 그런 순간은 자주 오지 않는다는 것이다.

자주 오지 않으니까 우리는 이를테면 창밖에 보이는 저 풍경에 취해, 이를테면 비 갠 뒤 불어오는 시원한 바람에 취해,

이를테면 까만 밤하늘을 보다 발견한 가느다란 손톱 달에 취해, 이를테면 나 아닌 저 먼 곳을 보고 있는 누군가의 콧날에 취해, 이를테면 당신의 옅은 미소에 취해 나를 속이면서라도 순간의 진심 같은 고백을 하고 싶어하나보다.

〈일종의 고백〉은 '추앙'이란 단어를 새삼스레 일깨워준 드라마 주제곡이기도 하다. 드라마 속 인물들의 섬세한 감정에 스며들던 곽진언의 목소리도 좋지만 나는 원작자인 이영훈의 라이브(2015)를 더 즐겨 듣는다.

제발 기대에
어긋나줘

빌리 아일리시 Billie Eilish
〈난 더 이상 너로 살고 싶지 않아
I Don't Wanna Be You Anymore〉

오래전, 지금과는 다른 부서에서 일할 때이고, B가 잠시 자리를 비웠을 때의 일이다. 한 번, 두 번, 세 번, 네 번 B의 전화벨이 계속 울렸다. 받지 않으면 그만할 법도 한데, 전화를 거는 이는 포기하지 않았다. 조용한 사무실 가득 울리는 벨소리가 요란하기도 했지만 저렇게까지 울리는 데는 급한 이유가 있지 않을까. 나는 수화기를 끌어당겼다. 받고 보니 급한 용무는 아니었다. 그래도 B가 콜 백 할 수 있도록 포스트잇에 발신자 번호를 적고 잘 보이게끔 모니터에 붙여두었다. 30분쯤 지났을까. B가 업무 다이어리를 옆구리에 끼고 돌아왔다. 잠시 후 B는 메모를 확인하는 것 같더니 전화는 걸지 않고 내쪽으로 다가왔다. 그리고 하는 말이,

"김 선생님, 제 전화 당겨 받지 마세요. 제가 받아달라고 한 적 없잖아요."

남의 전화 당겨 받고 이런 말 들어보긴 처음이라, 그보다 명(청)할 수 없는 표정으로 B를 쳐다봤다. '사태 파악이 안 되니?' 꼭 그런 표정으로 B는 나를 봤다.

"당겨 받지 마시라고요, 아시겠어요? 저도 김 선생님 전화 당기지 않을 테니까요."

그날 이후 이런 게 '화두'일까 싶게 B의 말은 줄곧 나를 따라다녔다. 전화를 당겨 받지 말라는 건 아마도 '나는 당신을 도울 형편이 안 되니 당신도 나를 돕지 말라'는 뜻이겠지만, 이런 말은 상대가 내게서 등 돌리길 바라지 않고서야, 특히 사회생활이란 걸 하면서는 절대 입 밖에 꺼내지 않을 것 같은 말 아닌가. 달리 생각하면 참으로 소신에 찬 발언인 것이다. 속으론 별생각을 다 해도 쉽사리 말이 되어 나올 것 같지 않은 말, 꺼냄과 동시에 비난받을 게 분명한 말을 그는 눈 한번 깜짝 않고 했다. 아니, 요구했다. 누군가에게 비난받고 있다면, 당신은 지금 잘 살고 있는 거라는 '미움받을 용기'의 실제 사례 아닌가.

필경사 바틀비는 월급 받고 일하는 처지임에도 고용주가 필사하라고 지시할 때마다(당연하다. 그는 필경사니까) "그렇게 하고 싶지 않습니다"라고 말한다. 아니, 대든다. 소설에서는 그 반란이 너무 짜릿해서 통쾌하더니만, 막상 내 눈앞에 바틀비가 나타나니 어찌할 바를 모르겠다. 역시 '캐릭터'라 할 만한 이들은 소설 안에만 있어야 하는 걸까. 캐릭터가 이야기 밖으로 튀어나오니 내가 누려온 그간의 평화는 얼마나 연약한 것이었는지 또렷이 알겠다.

B가 누구인가. 다가가 말이라도 붙일라치면 고개를 돌리는 사람이다. 밥도 혼자 먹고, 일도 혼자 하는 사람이다. 그는 기꺼이, 홀로 남겨지길 원하는 것처럼 보인다. 타인을 모르는 것 같고 알려는 의지도 없어 보인다. 모르니 가식도 없어 순수하게 느껴질 정도랄까. 그를 동료로 좋아하기는 어렵지만 그가 나를 돌아보게 만드는 거울이 되어준 것만은 분명해서, 아예 모른 척하기도 어려웠다.

미국의 싱어송라이터 빌리 아일리시는 거울에 비친 자신을 들여다보며 〈난 더 이상 너로 살고 싶지 않아〉라고 한다. 이 노래에는 네가 원하는, 세상이 원하는 모습으로 나를 내버려두지 않겠다는 빌리의 의지가 담겨 있다. 세상이 원하는 반듯한 모습, 상호작용 잘하는 매끄러운 사람이고 싶지 않으니 나는 너희와 함께할(갈) 수 없어, 라고 고백하는 것이다. 매체와의 인터뷰에서 그녀는 자주 이런 의지를 밝혀왔다. 많은 사람이 자신을 도와주려 하지만 그녀는 그런 '손길'을 원하지 않으며, 오히려 남들이 나에 대해 잘 몰랐으면 좋겠다고 한다. 부드럽지만 단호한 그녀의 태도는 몽환적이고 어두운 노랫말에 잘도 달라붙는다.

사람들이 모두 **빠져나가고** 혼자 남은 점심시간에 이 노래를 들었다. 그러면 노래를 듣는 게 아니라, 한 사람의 심연을 들여다보는 듯해 좀 섬뜩했다. 일하다 말고 고개를 들면 동료들은 100년 전부터 그 자리에서 일해왔다는 듯 열심이지만, 전학 온 학생처럼 나만 겉도는 기분이 들 때가 있다. 그럴 땐 좀 외롭다.

도무지 이해할 수 없고 이해하고 싶지도 않았던 상대의 어떤 면이, 그 사람의 인식 구조에서는 그렇게도 생각할 수 있겠다고 이해되기 시작하면, 나는 이제 그를 '감안'해버린 걸까. 빌리는 혼자여도 괜찮다는데, 나는 왜 여전히 전화도 서로 당겨 받아주고 상대의 어떤 면은 닮고 싶어하는 사람이 되길 원하는 걸까. 그 화두는 여전해도 이제 B가 예전만큼 신경 쓰이진 않는다. 당연하다! 이제 그와는 다른 부서에서 일하니까. 결국 내 심약한 성정으로는 감당 못 할 사람이었던 것이다.

15초 정도는
슬프지 않은

이은하, 〈청춘〉

나이보다 젊어 보인다는 말은 진짜 젊어 보인다는 말일 수
도 있고, 나잇값 좀 하라는 뜻일 수도 있다. 아직은 그 차이를
읽어낼 수 있지만 그마저 알아채지 못하는 때가 오면, 사람 참
얼마나 무참해질 것인가. 심보선 시인의 시처럼 가끔 슬픔이
없는 십오 초가 지날 뿐, 늙어가는 모든 존재는 그의 말대로
비가 샐 것이다. 그러니까 이 구절의 저작권은 심보선이 아니
라 스러져가는 모든 이에게 있다고 우기고 싶은 맘.

'50세, 제2의 인생'이라고 적힌 지하철 포스터 하단에는,
하얀 티셔츠에 청바지를 입은 네 명의 남녀가 환히 웃고 있었
다. 포스터에 새겨진 나이보다 젊게 보이려고 애쓴 흔적이 역
력했지만 그들은 정확히 오십처럼, 아니 오십이 넘어 보였다.

그게 묘한 슬픔을 자아냈다. 지하철에서 내려 지하상가를 지나 일터로 걸어가는 길, 오래된 레코드 가게에서는 "슬픈 노래 한 곡 들려달라"는 이은하의 〈청춘〉이 흘러나왔다. 청춘이라니, 타이밍 한번 절묘하구나.

다시 한번, 사모하는 심보선의 시를 소환해야겠다. 그는 이렇게 말한다.

"거울 속 제 얼굴에 위악의 침을 뱉고서 크게 웃었을 때 자랑처럼 산발을 하고 그녀를 앞질러 뛰어갔을 때 분노에 북받쳐 아버지 멱살을 잡았다가 공포에 떨며 바로 놓았을 때 (…) 사랑한다는 것과 완전히 무너진다는 것이 같은 말이었을 때 솔직히 말하자면 아프지 않고 멀쩡한 생을 남몰래 흠모했을 때 그러니까 말하자면 너무너무 살고 싶어서 그냥 콱 죽어버리고 싶었을 때 그때 꽃피는 푸르른 봄이라는 일생에 단 한 번뿐이라는 청춘이라는"(「청춘」, 『슬픔이 없는 십오초』, 심보선, 문학과지성사, 2008, 107쪽).

청춘이 이와 같다면, 청춘이 아니라면 어찌 하나. 더는 거울 속 제 모습을 씩 비웃으며 젠체하지 않고, 머리를 감지 않고서는 밖에 잘 나서지 않으며, 분노는 여전해도 아버지 멱살을 잡아 해결될 일은 거의 없음을 알고 있고, 사랑 따위 이제 별로 믿지 않으며, 차라리 죽고 말지 싶은 순간이 셀 수 없이 찾아와도 건강보조제는 챙겨 먹는다.

그리고 청춘이 아니라면 인생 헛헛하네, 부질없네 따위를

81

입에 달고 사는 그 입이 먼저 늙는다.

그런 이는 죽기 전까지 지키고 싶은 건 존엄과 품위라고 어딘가에는 쓰겠지만, 때론 곤란하기 짝이 없게 다시 마음이 흔들리기도 한다. 그때의 그는 델리스파이스의 〈고백〉 중 한 소절, "하지만 미안해 네 넓은 가슴에 묻혀 다른 누구를 생각했어"를 흥얼거리다가도 이것이 가까운 사람을 쓸쓸하게 만드는 일일 수 있고, 새로움도 시간이 지나면 새롭지 않아지며, 무엇보다 마음을 쓴다는 것이 몹시 피곤한 일임을 용케 '기억' 해낸다. 그러니 자신도 모르는 그림자가 주변을 어른거릴 때 가만히, 저만 아는 방식으로 그림자의 머리를 쓰다듬어주면서 십오 초 정도가 지나기를 기다리는 것이다.

김창완은 '청춘'이란 단어를 콕 집어 노래 두 곡을 지었다. "언젠가 가겠지 푸르른 이 청춘 지고 또 피는 꽃잎처럼"으로 시작되는 그가 부른 〈청춘〉과, "누워도 마음은 동산에 뛰"논다는 이은하에게 준 〈청춘〉. 두 곡 다 좋지만 오늘은 투병생활이 길었다는 이은하의 〈청춘〉을 여러 번 듣고 있다.

Side B

그늘진

마음의
노래

언제쯤이면
보이는 건지

조용필, 〈못찾겠다 꾀꼬리〉

그를 처음 좋아했던 그때로부터 얼마나 멀리 온 걸까. 1980년에 발매된 〈단발머리〉가 수록된 1집 때부터니 40년 가까이 흘렀나보다. 아무리 하여도 도리 없는 게 세월이겠지만, 한 시절을 대표했던 예술인이 본업은 지운 채 '방송인'이란 직함으로 아침 방송이나 정보 프로그램에 출연하는 걸 보고 있자면, 마음이 착잡해진다. 사무치게 좋아했던 그 시절의 그이는 어디로 가버린 걸까. 그래서일 것이다. 조용필을 텔레비전에서 볼 수 없다는 게 얼마나 다행인지 모르겠다. 보이지 않아도 그는 언제고, 어디에서든 음악 안에 머물러 있을 거란 믿음을 준다. 아무 때고 볼 수 없으니 어찌 지내는지 알 길 없지만 그다지 궁금하진 않다. 언젠가 공연에서 마지막 본 얼굴이 여전히 내가 아는 그러니 한다.

　지인 중에 조용필(이하 '필') 팬클럽 회장이 있다. 그의 '필' 사랑은 회장이란 직함에 걸맞게 대단한 것이어서, 그는 조용필의 모든 LP, CD, 오디오 파일을 소장하고 있었다. 벌써 15년 전 일이니, 그가 여전히 회장직을 유지하고 있는지는 모르겠다. 다만 그는 세월이 흐를수록 더욱 '필'다울 것만 같다. 그는 얼굴선이 살짝 둥그렇고, 안경을 꼈고, 헤어스타일은 단정한 편이다. 이런 특징을 하나씩 나열하면 그런가보다 하겠지만, 한눈에 보면 '아니, 저이는 조용필이 아닌가?' 싶게 닮았다. 좋아하는 사람의 외형이야 얼마든지 따라할 수 있다지만 생김새까지야. 너무 좋아하면 닮아버리기도 한다는 걸 그를 보며 알았다.

　직장 야유회가 끝난 뒤였던가. 적당히 오른 취기가 가실세라 우리는 우르르 노래방으로 몰려갔고 다들 흥을 돋우느라 빠른 곡들만 불러댈 때, 나만이 홀로 눈치 없이 조용필의 〈사랑은 아직도 끝나지 않았네〉를 불렀다. 흥을 깨버린 만행을 전해 들었음인가. 그는 나를 보자마자 조용필 이야기를 시작했다. 자신의 애창곡을 줄줄 읊어대면서. 그날이 기폭제가 되었는지 다시금 나는 한동안 동그란 포터블 플레이어를 가방에 넣어 다니면서, 출퇴근길에 CD에 담긴 조용필을 들었다. 이어폰만 꽂으면 곧장 '필'이 왔고, 노래의 힘이 그렇듯 추억들이 방울방울 맺혔다.

85

가만있자, 〈나는 너 좋아〉(5집)가 「가요 톱 텐」 1위를 몇 주나 독식했더라. 같은 앨범에 수록된 〈황진이〉는 진짜 명곡인데 다른 노래에 비해 덜 알려져 안타까우면서도 기뻤더랬지. 〈I Love 수지〉(10집)는 우리 반 수지가 용필 오빠가 자기를 위해 만든 곡이라고 하도 우겨서 그런 셈치자, 했었고. 〈아이 마미〉(13집)에 맞춰선 몰래 춤도 췄는데. 그렇게 그의 앨범들을 좋아했지만, 나의 '최애 곡'은 아무래도 〈못찾겠다 꾀꼬리〉(4집)다. 너무나 유명해서 부연할 필요도 없는 곡이지만, 듣는 순간 잊고 있던 어딘가로 나를 데려간다.

대학 입시가 코앞으로 다가온 늦가을 저녁. 학교 앞 레코드 가게에서 이 노래가 흘러나왔다. 노래는 늘 불시에 들려오니까 듣지 않을 재간이 없고, 그러면 순간 멍해진다. 그 느닷없음이 내 안의 무언가를 건드렸던 모양이다. 야간 자율학습 시간이었고 아이들은 고개를 콕 박고 문제집을 풀고 있는데, 나는 훌쩍이기 시작했다. 그런 나를 보고 짝꿍이 왜 우느냐고 속삭여 물었지만 나도 이유를 몰랐다. 그래서 모르겠다고 고개를 저었더니 어떻게 모르면서 우느냐고 했다. 나는 "꾀꼬리를 못 찾겠다잖아~"라며 울먹였다. 짝꿍은 이 말에 크게 웃었다. 아이들이 우리를 쳐다봤다.

예닐곱 살에 나와 오빠들은 할머니와 외딴 시골에 살았다. 지금 생각해보면 스무 가구 정도나 모여 사는 마을이었을까. 일곱 살은 족히 한 시간은 걸어야 다다르는 초등학교에 이제 막 입학했거나, 아니면 학교에 간 언니나 오빠가 돌아오길 하염없이 기다리는 나이. 그런 동생들이 골목에 쭈그리고 앉아 땅바닥에 그림을 그리거나 공기놀이를 하고 있으면, 저쪽에서 학교를 파한 언니 오빠들이 돌아왔다. 우리는 누가 먼저랄 것도 없이 와아, 야아~ 소리를 지르며 한꺼번에 달렸다. 언니 동생 할 것 없이 어울려 놀다보면 해가 뉘엿뉘엿 지고, 커다란 전봇대 위에 달린 전구엔 불이 들어왔다. 내 오빠들은 꼬맹이들과 노는 게 재미없었던지 어느새 사라져버렸지만, 연순이와 몇몇은 아랑곳없이 계속 술래잡기를 했다. 하지만 밥 먹으러 들어오라는 어른들의 목소리가 들려오기 시작하면, 좀 전까지 같이 놀던 아이들은 집으로 빨려들어가는 연기처럼 순식간에 사라졌다.

연순이네 집 멍구는 컹컹 짖어대고, 나만 오도카니 남겨진 것이다. 그래서 울며 집에 들어가는데, 실컷 처놀다 오면서 왜 우느냐고 할머니가 하도 야단을 쳐서 눈물이 쏙 들어갔던 기억. 그러게, 그때 나는 왜 울었을까. 동무들과 싸운 것도 아니고 내일이면 다시 만나 신나게 놀 텐데. 나만 엄마가 없는 것도 아니었는데.

골목길에서 정신없이 뛰어놀던 꼬맹이에게 꾀꼬리는 무엇이었을까. 미래는 캄캄하고 마음은 막막하던 열아홉 살 단발머리 여고생에게는 무엇이 꾀꼬리였을까. 칠판 위로 대학 가야 사람 된다는 교훈이 걸려 있던 교실. 우리는 그때 무슨 꾀꼬리

87

를 찾으려고 우리 몸보다 비좁은 걸상에 온종일 엉덩이를 붙이고 앉아 있었던 걸까. 조용필은 "지금의 내 나이는 찾을 때도 됐고 보일 때도 됐다"고 노래하는데, 그가 말한 지금의 내 나이는 언제일까. 살다보면 그게 보이는 나이가 오기는 할까. 그때로부터 이렇게나 멀리 떠나왔는데도 여전히 뭣도 모르는 나는, 정말 이대로 괜찮은 걸까.

여름 안에 있는데도
여름이 그리워

시간을 달리는 소녀 OST
〈아리아Aria〉

워낙에도 잘 넘어지는데, 집에 오는 길에 또 넘어졌다. 이번에는 정말로 넘어질 곳이 아니었다. 걷다 딴짓을 한 것도 아니고 손을 주머니에 넣고 펭귄처럼 걸은 것도 아니다. 버스에서 내린 뒤 삼거리 방향으로 걸어가고 있었을 뿐이다. 그런데도 만화 주인공처럼 정면으로 아주 대차게 넘어졌다.

넘어질 때 안경이 튕겨나갔다. 어, 깨지면 안 되는데. 너무 놀라 일어설 생각도 못 하고 엎어진 자세 그대로 더듬더듬 안경을 찾았다. 알은 무사했다. 다행인데도 일어나기 싫었다. 엎어진 김에 쉬어가자는 건 아니었지만 그대로 있었다. 바닥이 차서 일어나긴 해야겠는데 어째 일어나지지 않았다. 몸을 반쯤 일으켜 무릎을 감싸 쥐자 그제야 통증이 느껴졌다. 앞으로 넘어졌는데도 코가 안 깨진 게 다행이고 여름 아닌 게 또 다행이었다. 두꺼운 외투가 피부를 감싸고 있었길 망정이지 아니었다면 무릎이고 손이고 다 쓸려나갔을 것이다. 옷을 툭툭 털며 돌아보니 지표면이 약간 패여 있다. 저기에 운동화 앞코가 걸렸나보구나.

집에 돌아와 밝은 빛에 보니 바닥에 쓸릴 때 그랬는지 시계 모서리가 망가졌고 알에는 금이 가 있다. 바지를 벗었더니 무릎에는 온통 시퍼런 멍. 아, 이건 뭐. 한심했다. 아이 때고 지금이고 어째서 변함이 없을까. 자책해봐야 당장일 뿐, 내일이면 또 어느 모서리에 찧어 무릎은 멍들 테고 멀쩡해 보이는 곳에서 일자로 넘어질 것이다. 하지만 나만 이렇게 잘 넘어지는 건 아니잖아, 「시간을 달리는 소녀」의 마코토도 매번 허둥대고 잘 넘어진다고.

어느 날 하얀빛이 새어 들어오는 과학실에서 마코토는 정말이지 우연히 시간을 뛰어넘는 '타임 리프time leap' 능력을 얻는다. 사정없이 내달려 날아오르면 원하는 만큼의 시간을 되돌릴 수 있는 타임 리프. 더 멀리, 더 높이 뛰어오를수록 더 이전으로 거슬러갈 수 있는 이 대단한 기술을 뭔가 엄청난 일에 써도 좋으련만, 마코토는 기껏해야 노래방 시간을 몇 번이고 처음으로 돌리는 데 쓰고, 매번 놓쳤던 치아키와 고스케의 볼을 모조리 잡아내는 데 쓴다. 소박함 겨루기 대회가 있다면 마코토는 단연 챔피언일 것이다.

학교 안 곳곳에 사랑의 기운이 봄날 아지랑이처럼 넘실대지만, 그걸 아직 자신의 일로는 생각해본 적 없는 마코토. 더욱이 치아키와 고스케가 누구인가. 학교만 파하면 매일 운동장에 모여 야구라기엔 좀 심심한 캐치볼을 하는 '녀석들'일 뿐, 마코토 안에 혹 있을지 모를 에로스를 깨우는 '남자'는 아니다. 그런데도 녀석 중 하나가 느닷없이 사귀자고 고백하니 마코토로선 당황스럽기만 하다. 마코토는 치아키가 고백해오던 순간을 타임 리프로 몇 번이고 이전으로 돌려놓는다. 하지만 이것만으론 어째 불안해서 내친김에 평소 치아키를 좋아해온 후배를 치아키와 연결해주려고 시간을 건너뛴다.

수줍어서 그런 것만은 아니었다. 마코토는 영원할 것만 같은 셋, 그 우정의 삼각형을 망가뜨리고 싶지 않다. 그러나 고백에는 놀라운 힘이 숨어 있었으니, 다름 아닌 감염. 고백을 받은 이에게는 이전에는 없던 무언가가 자라나버린다.

「시간을 달리는 소녀」는 불가역적인 시간에 대한 깊은 통찰을 보여주면서 사물의 시간도 돌아보게 만든다. 애착하고 몰두했던 시간은 사람의 것이지만 사물은 그 시간을 물끄러미 지켜봐온 목격자니까. 마코토의 자전거, 치아키와 고스케의 글러브와 야구공은 셋의 이야기를 알고 있다.

매사에 농담으로 일관하는 무심한 캐릭터로 보이지만 자신을 둘러싼 사물과 시간의 관계에 온몸으로 감응하는 이가 바로 치아키다. 모르는 게 그리워지긴 어려우니까 뭐든 두 번은 눈에 들어야 한다면, 두 번째는 첫 번째가 보고 싶다는 감정을 선물하는 게 아닐까. 그래선지 치아키는 여름 안에 있으면서도 이 여름을 그리워한다.

치아키가 난생처음 만난 여름 안에는, 해바라기와 병 속에 담긴 개미와 하늘을 나는 새가 있다. 그리고 이제부터 영원히 그리워하게 될 친구들이 있다. 치아키는 미래로 돌아가려 했지만 너희와 함께한 시간이 너무 좋아서 그럴 수 없었다고 마코토에게 털어놓는다. 너무 좋아서 돌아갈 때를 놓쳐버린 사람, 그런 사람을 나도 알고 있다.

순정율은 자연적으로 잘 어울리는 음의 배열이지만, 음의 간격이 일정하지 않고 여러 악기를 함께 연주하기에는 소리가 어긋난다. 바흐가 위대한 건 모두 아는 것처럼 평균율을 발명했기 때문인데, 그는 이 발견으로 합주의 자유를 선물했다.

마코토가 타임 리프 능력을 얻을 때 과학실에 은은하게 울려 퍼지던 곡은 바흐의 〈골트베르크 변주곡 1번〉 아리아였다. 순순하게 흘러가는 것 같았던 삶이 변칙으로 이탈하는 '순간'을 잡아내는 곡으로 이 변주보다 알맞은 게 또 있을까. 아리아 1번은 숱한 영화 속을 흘렀지만 이 영화에서처럼 어울리는 장면은 보지 못했다.

도저히
못 하겠는 마음

이소라, 〈제발〉

이소라. 노래하는 이에게 얼마나 알맞은 이름인가. 귀에 가져다 대면 바닷소리를 들려주는 소라처럼, 그 이름을 떠올리면 그녀의 목소리가 저절로 재생되고 만다.

그룹 이름과 같은 노래, 〈낯선 사람들〉을 듣다가 독특한 음색의 한 여자에게 반했다. 아카펠라든 포크든 록이든 일단 시작하면 여러 사람이 노래하고 있다는 건 알겠는데, 유독 한 사람 목소리만 들렸다. 그 여자는 허스키한데 탁하지 않은 목소리를 지녔고, 들숨과 날숨만으로도 부드러운 리듬을 만들어냈다. 그게 낯설어서 꼭 외국 사람이 부르는 노래를 듣고 있는 것 같았다.

그런 그녀가 솔로 앨범을 내는 일은 당연지사였기에 이듬

해 발매된 〈처음 느낌 그대로〉〈난 행복해〉가 담긴 1집은 그녀
를 유명짜한 가수로 만들었다. 너무 유명해지니까 이상하게
좀 허탈했지만 이젠 그럴 일도 없다. 몇 해만 지나면 그녀의
노래를 들어온 지도 30년이 되는 것이다. 앨범이 발매될 때마
다 구입한 CD를 들고 곧장 집으로 달려와 처음부터 끝까지
들었던 기억만 새롭다. 매 앨범이 손색없지만 4집 《꽃》, 6집
《눈썹달》, 앨범명 없는 7집을 특히 좋아한다. 어떤 날은 1번
트랙부터 끝까지 다 듣고 자야 하루치 피로와 분이 풀렸다.

새 앨범 소식도, 공연 소식도 뜸할 때는 그녀가 좋은 이와
사랑에 푹 잠겨 있길 팬으로서 바랐다. 사실 이 바람은 늘 다
소 엉큼한 마음에서 비롯됐다. 말할 거예요, 이제 우리 결혼해
요, 로 시작되는 〈청혼〉 정도가 예외일까. 그 외의 곡들은 실연
과 상실을 음표로 그려낸 회화 같아서 노래를 가만히 듣다보
면 이제 막 끝난 자신과 누군가의 사랑 이야기를 그녀가 담담
하게 들려주고 있단 착각이 드는 거다.

사랑에 빠진 이는 사랑의 초입이나 한가운데서는 그 감정
을 통째로 들이키기 바쁘기 때문에, 효과가 무지 좋은 약을
복용한 사람처럼 혼미하기만 하다. 한낮에는 이 감정을 해석
하거나 분석할 여유가 없다. 잔상마저 다 향유해야 하니, 고요
한 저녁 시간이 찾아와도 차분하게 오늘의 만남을 회상하거
나 끄적거릴 수조차 없다. 이때는 무엇도 쓸 수 없는 작가와
같다. 오로지 그 일이 다 지나가고 난 뒤에야 그 소요를 들여

다볼 수 있다.

관계가 끝났다고 해서 연인이 사라지는 것도 아니다. 그녀는 끝나버린 사랑 앞에서도 한동안 어쩔 줄 모른다. 그녀는 김현철에게 받은 곡이 너무도 슬퍼서 끙끙 앓다가 〈제발〉이란 노래를 썼다. 익히 알려진 것처럼 그녀는 노랫말을 스스로 짓는다.

2001년 2월, 그녀는 자신이 진행하는 음악 프로그램에서 이 노래를 부르려다 저도 모르게 마주한 옛사랑의 그림자에 허를 찔린다. 그녀는 가수이므로, 가수가 무대에서 감정을 조절하며 노래 부르는 건 마땅한 일임에도, 피아노 전주가 시작되고 첫 소절을 부른 뒤 그녀는 노래를 더 잇지 못한다. 노래를 멈추자 화면은 암전됐다. 다시 화면이 밝아지고 자세를 고쳐 잡은 그녀가 보인다. 그녀는 재차 첫 소절을 부르지만 감정선은 이미 무너져버린 것인지 아이처럼 울먹이기만 한다. "아, 어떡하지……. 이거 오늘 못 하겠어." 자신에게 하는 말인지, 헤어진 이에게 하는 말인지, 객석을 향한 말인지 모를 이 독백은 공중파 방송에서는 처음 보는, 날것 그대로의 장면이었다. 이쯤 되면 방송사고일까. 모르겠다. 하지만 시청자의 한 사람으로서 나는 그날 알 수 없는 카타르시스를 느꼈다.

당시 이 프로그램은 녹화 방송이었다. 프로그램 연출자는 이 해프닝(?)을 다 들어낼 수도 있는 사람이었겠으나 고맙게도 그이는 이소라의 노래가 끊어지고 마는 지점, 다시 시작되는 지점, 세 번째에 이르러서야 기어이 완창해내는 순간을 정성스럽게 편집한다. 아니, 거의 편집 없이 보여준다. 그녀가 부르다 거듭 실패했으므로 방송 중에 화면은 두 번 암전되는데, 이 암전마저 잠시 숨을 고르고 무대에 다시 오를 여지를 주려는 것처럼 느껴진다.

원치 않는 일을 감당해야 하는 때가 오면 오래전의 이 영상을 찾아본다. 그때마다 나는 존재가 느끼는 아픔을 가식으로 감추거나 방어하려 들지 않는 사람을 본다. 끝내 이어가지 못함으로써, 억지로는 한순간도 나아가지 않아도 된다고 말하는 듯한 사람도 본다.

아빠,
아부지

콜드플레이Coldplay
〈대디Daddy〉

　때는 한밤, 이곳은 망망대해. 작은 쪽배가 넘실대는 물결
에 위태롭게 흔들린다. 배 위에는 희미한 램프에 의지해 노를
젓는 여자아이가 있다. 보는 것만으로도 막막한데, 이윽고 비
가 내리기 시작한다. 바다 한가운데서 아이는 아빠를 찾는다.
아빠 거기 있어요? 아빠 나랑 놀지 않을래요? 아빠, 나 걱정
안 돼요? 아빠를 부르는 콜드플레이의 〈대디〉 뮤직비디오를
보고 있자니, 아빠에 대한 내 기억도 물결처럼 일렁이기 시작
했다.

　그는 나와 내 형제들의 아빠고, 한때 상처喪妻한 남편이고,
지금 아내의 남편이다. 오랫동안 회사원이었고, 언제가부턴
교회 장로님이더니 이젠 그냥 촌로다. 변함없는 건 완고한 가

부장이라는 정도. 그런 아빠가 내년에 팔순을 맞는다.

어른들은 잘 모르는 것 같다. 자신의 아이들이 얼마나 예민한 감각으로 부모를 매일 올려다보며 자라는지. 여섯 살 아이는 기억하지 못할 거라 여기지만, 아빠 손 잡고 갔던 수족관 다방을 어찌 잊을까. 아이는 다방도, 빨간 금붕어가 담긴 수족관도 다 처음인데. 첫 기억은 여간해서는, 아니 절대로 잊히지 않는다. 아빠가 그날 만났던 빵모자 쓴 수염 덥수룩한 아저씨 얼굴도, 짧은 치마를 입은 언니가 아빠에게 콧소리 내며 엽차를 먼저 내주고 커피를 따랐던 것도, 담배 연기 자욱해 매캐하던 실내 공기도, 아빠가 아저씨와 주고받던 '사업' 이야기도. 그만큼 오감을 자극하는 공간이 또 어디 있다고.

엄마 돌아가신 뒤, 아빠의 출근길은 수월치 않았다. 내 기억도 그렇고 살아생전 할머니 말씀도 그렇고, 여섯 살짜리가 그렇게나 울어대며 아빠가 출근하지 못하게 막아섰다는 것인데, 그러면 아빠는 차마 어쩌지 못해서 나를 들쳐 업고 회사에 갔다. 아빠는 나를 바닥에 내려놓고 전화도 받고 사람도 만났다. 아빠가 무슨 일을 했는지는 모르겠다. 다만 내 눈에 아빠가 보였으니 그것만으로 충분했다. 그때부터였을 것이다. 내게 허기는 배고픔이 아니라 안심을 주는 사람이 눈앞에 없는 상태였다.

엄마가 집에 온 후 달라진 분위기에 우리 형제들은 곤혹스러웠지만, 가족에게는 내가 가장 난감한 존재였을 것이다. 상

황이 달라졌음에도 내가 아빠와 자야 한다고 우겼으니까. 나
는 아빠와 한시도 떨어지기 싫었고 그래서 아빠 옆에서 잤다.
심지어 아빠가 나 아닌 다른 사람의 얼굴을 보지 못하도록 아
빠 쪽으로 고개를 돌리고 잤다. 오래가지는 못했다. 할머니가
나를 끌어내 볼기짝을 때렸고, 내가 울면 억지로 나를 끌어안
아 재웠기 때문이다. 세상에는 차갑고, 그래서 절대 잠들지 못
하게 하는 자장가도 있다. 주눅든 채 울다보면 코와 목구멍
사이 어딘가에 걸린 울음이 마른 딸꾹질로 새어나왔다. 울다
지쳐 잠드는 밤은 끔찍했다.

지금은 어지간히, 아니 어쩌면 전부 이해할 수 있다. 아이
를 셋이나 둔 서른도 안 먹은 남자가 '혼자'된다는 게 무엇인
지, 그런 집에 '시집'이라는 걸 오는 젊은 여자의 인생은 또 얼
마나 파란만장한 것인지도. 몰랐으므로 꼬맹이 때는 온통 아
빠가 그리웠고, 십대 때는 원망해 멀리했다. 내게 애증이란 감
정을 알려준 첫 남자는 그래서 아빠다. 좀체 사라질 것 같지
않던 이 감정의 소용돌이는 그러나 스무 살에 진입하자마자
맥없이 허물어졌다. 말썽쟁이가 연애를 시작한 것이다.

아빠와 거리가 생기자 효도란 것도 할 수 있게 됐다. 언젠
가 시골집에 내려갔을 때 한기를 느껴 아무 옷이나 걸쳤더니
그 옷이 내가 처음 번 돈으로 사드린 거라고 했다. 내가 사드
렸다고? 그런 건 기억에 없는데. 어쨌든 빛바랜 아버지의 카키
색 카디건을 이제는 내가 입고 있다.

조금 어리광을 부리고 싶을 때는 아빠라 하고, 타박하고 싶거나 어르고 달래야 할 땐 아부지라 한다. 아부지는 이제 위아래 틀니를 끼고, 그래서 딱딱한 건 잘 못 씹고, 머리카락이 거의 없고, 9시도 못 돼 잠이 들고, 신새벽에 일어나 닭 모이를 주고, 텃밭에 심어둔 작물의 기운을 살핀다. 만나면 돈밖에 더 쓰겠냐며 친구는 잘 안 만나고, 보일러 쓰고는 잘 끄질 않는다고 엄마에게 싫은 소릴 한다.

둘이서만
부르는 것 같아도

최병걸 & 정소녀
〈그 사람〉

모든 게 코로나 탓이라고 할 순 없어도 하나쯤은 확실하
다. 노래방에서 열정을 불태우던 시간은 전생의 기억이 되었
다. 그땐 친구들과 노래방에 가면 어쭙잖게 화음을 넣고 싶은
충동을 이기지 못했다. 노래책을 뒤적여 찾은 듀엣 곡 1번은
어우러기의 〈밤에 피는 장미〉. 외로운 밤에~ 하고 친구가 먼
저 시작하면 마이크를 쥔 내 손에도 힘이 들어간다. 이윽고 내
파트, 그러나 또 밤이 되면서도~로 이어지면 우리 둘은 그 밤
에 어떻게든 장미꽃을 피우고야 말았다.

임현정의 〈사랑은 봄비처럼 이별은 겨울비처럼〉은 후렴에
이르면 노랫말을 배반해, 사랑이 겨울비고 이별이 봄비로 바
뀌어도 우리 알 바 아니게 된다. 진추하와 아비의 〈원 서머 나

이트One Summer Night〉는 남자 파트든 여자 파트든 말랑말랑한 게 다 재미있다. 가사가 묵직한 사이먼 앤 가펑클의 〈사운드 오브 사일런스The Sound of Silence〉는 아트 가펑클 파트를 불러보고 싶고, 니콜 키드먼이 로비 윌리엄스와 부른 〈섬싱 스튜피드 Something Stupid〉는 니콜 키드먼 파트를 따라해보고 싶지만, 그게 가당키나 하냐고 상대가 질색하면 도전해보지 못한다. 선우정아와 아이유가 주고받는 〈고양이〉도 언젠간 꼭 불러보고 싶다. 아이유 목소리는 진짜 고양이 소리 같다. 아유~ 하여간 못 하는 게 없는 아이유.

위에서 읊은 듀엣곡이 다 좋지만 '내 귀에 캔디'처럼 달콤한 곡은 최병걸과 정소녀가 부르는 〈그 사람〉이다.

최병걸이 당시 인기 배우였던 정소녀와 함께 부른 〈그 사람〉은 도대체 어떤 사람일까.

자꾸만 생각나는 한 사람이 있다. 그 사람이 좋다고 말하지 않고, 좋아할 것만 같다고 한다. 나만? 아니지. 그 사람도 나를. 둘 사이에 무언가 일어날 것만 같다는 건데, 이런 걸 '썸' 탄다고 하지 아마. 이전과는 달라지려는 관계, 그 야릇한 시작을 담은 노래가 〈그 사람〉이다.

조금은 경쾌한 플루트로 시작되는 이 곡은, 처음엔 단순하지만 이윽고 편성이 커지며 관악기가 들어오면 분위기가 달라진다. 하이라이트에서 울리는 트럼펫은 힘차면서도 감미로워, 엽서에서 본 유럽의 어느 여름날이 떠오른다. 이런 풍의 노래가 마음에 든다면 모세다데스의 〈에레스 투Eres Tu〉나 훌리오 이글레시아스의 〈라 메르La Mer〉도 권하고 싶다.

1978년에 발매된 최병걸 앨범 Side B 첫 번째로 실린 이 곡은 이렇듯 지금 들어도 촌스럽지 않다. 왜 그럴까 싶은데, 세련된 편곡 덕분인 것 같다. 음악평론가 신현준은 작사 작곡은 가수 최병걸이 했지만, 편곡과 도입부 플롯은 재즈 색소폰 연주자 고故 정성조가 개입했으리라 추정한다.* 그가 누군지 모르는 사람도 있을 텐데, 그래도 한 번쯤은 본 적 있지 않을까. 한국방송의 「빅쇼」 혹은 「신년음악회」 같은 대형 프로그램에서 관현악단을 이끌던 지휘자인데, 사실 지휘자는 늘 뒷모습만 보이니까 얼굴까진 모를 수 있다.

최병걸과 정소녀, 두 사람이 부르는 무대 실황을 찾아보았다. 이제는 흔히 볼 수 없지만 그때 대중가요 무대에는 지휘자와 관현악단이 있었다.

창작자가 혼자서 홈 레코딩을 하고, 오토튠으로 원하는 소리를 마음껏 뽑아내기도 하니, 한 무리의 악단이 나와서 연주하는 쇼를 예전처럼 자주 보기는 어려운 시대다. 공중파에서 악단의 명맥을 유지하는 공연은 「열린음악회」나 「신년음악회」 정도 될까. 하긴, 관현악단이 무대 위에 있어도 어차피 우리는 가수만 보지 않나. 간주에 카메라가 연주자의 악기를 비

---

* www.weiv.co.kr/archives/10379/amp

출 뿐 가수만 클로즈업해서 보여주니까, 연주는 말 그대로 반주에 가깝다. 연주자들이 정성을 다해도 엔딩 크레딧에는 지휘자 이름만 빠르게 올라간다.

그러나, 무리지어 연주한다는 건 좀 감동적인 일이다. 함께 연주한다는 건 한 악기가 다른 악기의 소리에 귀 기울이고 있다는 뜻이니까. 훌륭한 악단은 그들이 손에 든 악기로 청중에게 떨림을 선사한다. 악기는 소리고, 소리는 진동이니까 악기는 공기를 흔들어야 자기 몸을 떠는 이치로, 연주자도 무대 위의 악기들의 진동을 받아들여 자신을 진동한다. 그 진동을 관객이 받아들여 그 소리에 전율할 때, 그 공간에는 공명이 일고 있다고 말해도 좋을 것이다.

〈그 사람〉은 두 사람이 부르지만, 그 두 사람 뒤에는 한 무리의 악단이 있었다. 둘이 '썸'을 잘 타도록 그들이 돕지 않았다면 노래가 이토록 멋지지는 않을 것 같은데.

못생긴 미련을
생각하는 밤

한영애, 〈애수의 소야곡〉

오랜만에 본 후배의 얼굴이 핼쑥했다. 그간의 안부를 물으니 표정이 어두워진다. 그러고는 헤어졌다고. 그랬구나, 연애하는 줄도 몰랐는데. 오전 일정이 끝나고 점심시간, 다시 마주친 우리는 잠자코 밥만 먹었다. 식사를 마치고 나란히 엘리베이터가 내려오길 기다리는데 대뜸 그런다. "3년 사귀고 2년 동거했어요." 담담한 말투였다. 고층으로 올라가는 시간이 더디게 느껴졌다.

짧게 만났다 헤어진 관계라고 묽고 연할까만, 5년이면 어느 정도의 시간과 밀도일까. 절제를 모르는 내가 평생 존경해 온 이는 그만해야 할 때를 아는 사람인데, 후배는 헤어져야 할 때를 알았던 걸까 아니면 그 반대일까. 남의 말에 공감은 잘

하지만 의견을 보태야 할 땐 신중한 후배. 할 수 있는 말은 조금만 하거나 아니면 함구하는 그의 태도를 나는 가만히 좋아했다. 무슨 말이라도 건네야 할까, 고민했지만 결국 아무 말도 못 했다. 이을 말도 찾지 못했고 한다 한들 무용할 것이었다.

한 사람만 생각하는 그 달콤한 노동에 대해 말해볼까. 내게 그 일은 그 사람 이름이 새겨진 커다란 자루에 그와 관련된 것들을 차곡차곡 쟁여넣는 것과 같고, 노동요는 그 일을 하는 동안 들어온 노래들이다. 후배에게 노래라도 한 곡 보내볼까 싶은 맘에 집에 오는 길, 휴대폰을 열어 노래를 뒤적였다.

카더가든은 변하지 않을 거라는 믿음을 주었던 연인이 떠난 후, 함께하는 동안 연인이 주었던 평안을 이제는 원망한다. 너는 가고 없는데 나는 아무렇지도 않은 듯 살아야 한다고? 어떻게 그럴 수 있을까. 이 원망은 샌드 페블즈가 1977년에 〈나 어떡해〉라는 노래로 이미 했다. 나 어떡해, 너 갑자기 가버리면. 나 어떡해, 너를 잊고 살아갈까. 카더가든보다 샌드 페블즈가 대놓고 먼저 따졌지만, 그때나 지금이나 그래봐야 소용없다. 남겨진 이가 안식을 구한다고 평화가 오겠는가마는 그래도 애는 써보는 것이다. 〈아무렇지 않은 사람〉처럼.

한동안 푹 빠져 있었던 찰리 버그의 〈너 없이 난 괜찮고 싶지 않아I Don't Wanna Be Okay Without You〉도 들었다. 너 없이는 괜찮을 수 없다 하니, 다시 '나 어떡해'의 반복인가. 아무래도 안 되겠다. 울적할 땐 빠른 곡이지. 아예 멀리 떠나보자. 기막

힌 밴드명에 '뽕끼' 충만한 디스코를 들려주었던 '이종식과 사랑의 샘'의 〈화분〉을 듣는다. '님'이 보내주신 화분을 바라보는 이가 있다. 좋긴 한데, 바라볼수록 근심이 깊어진다. 뿌리 깊지 않은 화분은 어쩐지 내 마음에 옮겨질 수 없는 님의 사랑 같은 것이다. 디스코풍은 심오한 가사를 가리기 위한 위장이었나. 안 되겠다, 더 멀리 도망가자.

1930년대의 모던 러브송 〈애수의 소야곡〉을 한영애의 앨범 《비하인드 타임Behind time》(1925~1955)에 수록된 버전으로 듣는다. 곡이 시작되고 리듬을 타기 시작하자 이번엔 어딘가로 밀려났다.

서로 눈이 맞았음을 알고 가까워지고 나면 마를 새도, 말릴 새도 없이 딱 달라붙어버렸다. 숨 막히는 행복을 느끼지만 상대도 알고 나도 안다. 바람 통하는 틈 없이는 이 관계가 오래가지 못하리란 것을. 다만 누가 먼저 진실을 말할 것인지를 두고 신경전도 벌였다. 오래되었으면서도 왜 그런 기억은 잊히지 않는지 모르겠다.

우정이 망가지면 나를 자책했고, 사랑이 깨질 땐 상대를 탓했지만, 시간이 흐르면 원인은 그냥 다 내게 있는 것 같았다. 자책은 상처를 덜 받으려는 무의식에서 비롯된 것인지, 상대에게 더 상처 주고 싶은 마음에서 비롯된 건지, 이도 저도 아니면 그 모든 게 뒤섞인 것인지 알 수 없었다. 누구에게도 도움 될 리 없는 감정의 블랙홀에 빨려들지 않겠다고 수없이

107

다짐하고 나서야 머릿속에서만 맴돌던 '여기서 멈추어야 한다'
를 실행에 옮길 수 있었다.

나는 차츰 "운다고 옛사랑이 오리오마는"으로 시작되는
〈애수의 소야곡〉을 더는 서글픈 마음으로 듣지 않게 되었다.
대신 그런 감정의 물결이 이편으로 밀려올 거 같으면 고요히
창을 열고 혹시 그 누가 들려줄지 모르는 휘파람 소리를 찾았
다. 하지만 바람이 안개를 부려놓은 것인지 앞엔 무엇도 보이
지 않고 아무리 기다려도 희미한 소리조차 들리지 않았다. 그
러면 도리 없다는 듯 못생긴 미련은 싸늘하게 식어서 대기 속
으로 흩어졌다.

노래들 사이를 헤매느라 후배에겐 결국 어떤 노래도 보내
지 못했다.

'힙합'은 안 멋지다고
말하면 '힙합'

머드 더 스튜던트 & 악동뮤지션
〈불협화음〉

동네 슈퍼라고 하기엔 조금 크고 대형 마트라고 하기엔 작은 가게에서 대충 이런 것들을 산다. 네 개짜리 요플레 두 묶음, 네댓 개 담긴 사과 한 봉지, 두부 한 모, 콩나물 한 봉지. 때때로 떨어진 치약이나 칫솔, 샴푸를 사고 욕조 구멍에 물이 시원찮게 빠질 땐 뚫어뻥을 사기도 한다. 계산대에는 아주머니가 있고 드물게 아저씨도 있다. 요는, 사람에게 값을 치르고 물건을 담아온다는 것인데 동네를 벗어나면 사정이 달라진다.

햄버거를 밥처럼 먹기도 한다는 동료와 어쩌다보니 연거푸 점심을 같이 먹었다. 그는 햄버거가 질리지도 않는 모양이었다. 두 번째까지는 견딜 만했지만 세 번째엔 들어가고 싶지 않았다. 매장 문을 열자마자 보이는 '이물', 키오스크가 싫었기 때문이다.

오피스가 숲을 이룬 도심 한복판에 자리 잡은 저 유명한 햄버거 매장의 점심시간. 얼마나 많은 사람으로 붐빌지는 굳이 설명이 필요 없겠다. 브랜드 로고가 찍힌 모자를 눌러쓴 점원들이 데스크 안에 서 있지만 그들은 손이 안 보일 정도로 바쁘다. 그러니 키오스크 앞에서 주문을 마친 후에는 공중에 매달린 모니터를 보며 내 번호가 뜨기를 기다려야 한다.

노인으로 보이는 남자가 키오스크 앞에 선다. 그는 뭘 잘못 눌렀는지 자꾸만 '이전'으로 되돌아갔다. 다른 키오스크 앞에 선 소년은 화면을 터치하는 손놀림이 너무 빨라 다음 페이지로 넘어가는 화면이 굼떠 보일 정도다. 남자보다 늦게 왔는데도 벌써 주문을 마쳤다. 남자 뒤에서 제 차례를 기다리며 휴대폰을 보던 소녀는 남자의 뒤통수를 노려보고 있다. 눈빛에 음성 지원이 된다면 이럴 것이다. '뭐하심? 햄버거 직접 만드심?' 나도 언젠가는 저런 눈총을 받겠지.

아끼는 물건 중에는 태엽을 돌려야 살아나는 손목시계가 있고, 애니메이션 「토이 스토리」의 주인공 앤디 인형이 있다. 등에 달린 고리를 당기면 앤디는 영화 속 대사를 들려준다. 태엽을 달고 있는 것들은 멈추어도 죽지 않았다. 그것들은 깊은 잠에 빠져 있다가 사람 손을 타면 살아났다. 이런 건 내 아날로그 감성일 뿐 느림보의 변명이 될 순 없을 것이다. 느리면 그냥 미움받을 뿐이다.

신제품은 쏟아져 나오기 마련이고, 사려면 돈이 필요하다. 고생해서 돈을 모으거나, 사달라고 조르기도 할 것이다. 내 친구는 "그게 뭔데?"라고 물을 때 "엄만 말해줘도 몰라"라고 하지 않으면 다행인 물건들을 아이에게 사주고 걱정이 는다 했다. 친구 손을 잡고 나는 말했다. 우리도 그랬잖아. 엄마, 오늘 사전 사야 해. 다음 날엔 엄마, 오늘은 딕셔너리 사야 해.

또 생각의 틈에 빠진 사이, 모니터에 내 번호가 떴다. 포장 음식을 들고 매장을 나온 우리는 조금 한갓진 곳으로 가서 자리를 잡았다. 포장을 열고 두툼한 햄버거를 한입 베어 물 때, 건너편 매장에서 노래가 흘러나왔다. 「쇼미더머니」에서 머드 더 스튜던트와 악동뮤지션이 함께 부르던 〈불협화음〉이었다. 그때부터 기분이 나아졌다. 정확히는 이찬혁이 "어느 새부터/ 힙합은/ 안 멋져"라고 랩을 칠 때. 멋이 잔뜩 들어간 이찬혁의 목소리를 듣는 순간 엔도르핀이 터지기라도 했는지, 햄버거가 맛있게 느껴졌다.

힙합을 노래하면서 힙합이 안 멋지다고 말하는 이찬혁의 '힙'함이라니. 악동뮤지션은 데뷔 때부터 지금까지 내게는 한 결같은 느낌이다. 템포와 장르에 상관없이 그들이 부르는 모든 노래는, 어째 복고풍으로 느껴진다. 〈오랜 날 오랜 밤〉〈어떻게 이별까지 사랑하겠어, 널 사랑하는 거지〉 같은 그리움을 노래할 때도, 〈사람들이 움직이는 게〉〈주변인〉같이 사람을 자세히 관찰한 뒤 지은 노래도, 〈리얼리티Reality〉와 〈다이노소어 DINOSAUR〉처럼 세상 돌아가는 이치나 어린 시절 두려움을 노래할 때도, 매번 오래전 기억 한가운데로 듣는 이를 데려가는 것 같다.

20대 초반의 남매가 만들고 부르는 곡들에서 느껴지는 이 아날로그 감성은 도대체 무엇이고, 어디에서 오는 것인지 궁금하지만 굳이 찾으려 하지 않는다. 듣고 있으면 기분이 좋아지는데 뭐하러 자를 들까. 그 옛날 현이와 덕이, 카펜터스처럼 이 남매 듀오는 우리에게 뚜껑에 즐거움Joy이라고 쓰인 음악상자를 건네주는데 말이다.

음악만큼 쉽게 왔다 빠르게 사라지는 것도 없을 테니, 신곡이란 말이 있겠지. 그 많은 히트곡은 한때 사람들을 사로잡았다는 면에서 대단하지만, 잠깐 그러다 사라지면 또 흘러간 유행가일 뿐이다. 그런데 악동뮤지션의 노래들은 디지털과 아날로그가 한방에 기거하는 것처럼, 처음 들으면 흘러간 유행가 같고 조금 지나 다시 들으면 처음 듣는 곡처럼 느껴진다. 그게 참 '힙'하다.

사전에 관해 말하자면

아트 오브 노이즈_{Art of Noise}
〈모멘트 인 러브_{Moment in Love}〉

라디오로 난생처음 들은 노래는 바니걸스의 〈나비 소녀〉
였다. 옛날 아주 옛날에 예쁜 소녀가 있었는데, 바구니를 들고
나물 캐러 갔다가 꽃잎 속에 숨어 있는 나비를 보고는 홀딱
반해서, 나물 담으러 가져간 바구니에 예쁜 나비만 담아왔다
는 동화 같은 노래. 그런 나비도 그런 소녀도 본 적이 없는데,
노래를 다 듣고 나면 마치 본 것 같은 기분마저 들었다. 라디
오는 때로 텔레비전보다 생생하다!

가난한 집들이 으레 그렇듯 우리 가족도 이사를 자주 다
녔다. 방문 열면 곧장 화장실이 보이긴 했어도 꼴을 갖춘 방이
두 개나 있고 입식 부엌도 딸린 작은 주공아파트에(거기서도
딱 1년 살았지만) 짐을 부릴 수 있게 됐을 때, 방 한구석엔 책상

도 놓을 수 있었다. 그래봐야 접힌 다리 네 개를 편 밥상 위에 보자기를 깐 것이 전부였지만 그게 온전히 내 것이라는 게 좋았다. 책상 위에 단파 라디오를 올려놓고 안테나를 쭉 뽑아 올리면 곧장 딴 세계로 들어갈 수 있었다.

몇 년 후 값나가는 카세트 플레이어가 출시됐다. 카세트 테이프를 두 개나 넣을 수 있는 더블 데커는, 라디오에서 나오는 모든 소리를 녹음할 수 있었다. 친구들에게는 있는 그것이 내겐 없다는 건 결핍이 아닌 열등감이었다. 중학생은 그렇게도 생각할 수 있는 계급이니까.

고등학생이 되고는 공부는 안 하면서 괜히 한밤중에 깨어 있는 날이 많았다. 깨어 있어야 하는 이유 중엔 심야 프로그램이 있었다. 느리게 말하지만 할 말은 다 하던 저음의 디제이는, 자정이 넘어가면 다른 프로그램에서는 들어본 적 없는 새로운 곡과 기다란 곡을 틀어주었다. 귀에 선 묵직한 록 사운드가 주를 이뤘는데, 처음엔 어려웠지만 익숙해지고 나니 대중적인 팝은 심심하게 느껴질 정도였다. 아침 시간에 구애 없는 대학생이 되고는 더 맘 놓고 들었다. 이 프로그램의 시작을 알리는 대표 시그널 음악은 역시 아트 오브 노이즈의 〈모멘트 인 러브〉가 아닐까 싶다. 지금도 어느 새벽엔 문득 듣고 싶어진다.

혹시나 하는 마음에 검색해보니 역시나 없는 게 없는 유튜브. 1987년 어느 날의 방송분이 통째로 올라와 있는가 하면,

1990년대 방송분도 제법 있다. 세상에는 좋은 분들이 이렇게나 많구나. 고마우면서도 30년도 더 전, 그날의 목소리를 이렇게나 쉽게 다시 들을 수 있다는 게 어쩐지 안 될 일처럼 느껴진다.

이다지도 묵은 것들을 좋아하면서도 나는 요즘 종이 사전은 통 안 본다. 아끼던 한 권은 후배에게 줘버렸고 나머진 구석으로 몰아놓았는데도 여전히 자리를 차지하고 있는 몇 권이 눈에 거슬린 적도 있다. 마지막으로 사전을 떠들어본 게 언제였을까. 모르는 말은 당연하고, 아는 단어도 문득 생경하게 느껴질 땐 맨 먼저 펼쳐 보는 게 사전이었는데 언제부턴가 내 사전은 스마트폰에 깔린 사전 앱을 당해내지 못했다. 단어는 길을 걷다가도 문득 궁금해지니까, 사전 앱은 솔직히 편해도 너무 편해서 종이 사전 따위는 잊게 만들었다.

거의 10년이 다 돼가나보다. 브리태니커 백과사전을 편찬해온 브리태니커 사가 더는 종이 사전을 만들지 않겠다고 선언한 게. 매 분야, 전문가급 사용자들이 내용에 오류가 있을 때마다 실시간으로 수정하는 온라인 백과사전 위키피디아를 도저히 당해낼 수 없겠다는 판단에서였다는데, 시류를 따른다는 것은 그렇게 어디서 멈추어야 하는지를 안다는 뜻이겠으나, 편찬을 접어야 하는 관계자들의 심정은 어떠했을까.

당시 그 기사를 보았을 땐 마음이 복잡했다. 실제로 가볍고 아담한 데다 몇백 권이고 담을 수 있는 전자책이 출시되고 있었으니까. 종이 질감이나 책장을 넘길 때 나는 소리를 좋아하고 종이 활자에 익숙한 사람이 나만은 아니겠지만, 저항하다가 결국 투항할 독자가 적지 않을 것 같았다. 내가 이런 걱정을 늘어놓자 친구가 그런다. 책이 아니고서는, 책이 아니면 안 되는 사람들은 여전히 밤하늘의 별만큼 많다고. 그 말을 전적으로 믿고 싶다.

이 글을 쓰는 내내 〈모멘트 인 러브〉를 반복해 듣고 있다. 여전히 스무 살 때 입던 옷을 몇 벌 가지고 있고, 유행을 타지 않는 그 시절 외투는 지금도 입고 다닌다. 수리를 몇 번 거친 빈티지 앰프 인켈 AK-650에서는 아직도 따뜻한 소리가 난다. 내게 라디오가 음악이라면 사전은 글인데, 아무래도 다시 목 좋은 자리로 모셔야 할까보다. 그런다고 예전처럼 자주 떠들어볼 것 같진 않지만.

동료에서 동무로

위시본 애시Wishbone Ash
〈누구에게나 친구는 필요하지 않겠어
Everybody Needs a Friend〉

그런 적 없던 동료인데 시간 되면 차나 한잔하자며 나와 J를 회의실로 불렀다. 가보니 그는 서툴게 커피를 내려놓고 우릴 기다리고 있었다. 다른 이에게 듣는 것보다 먼저 말하는 게 좋을 거 같아 그런다며 다른 일을 찾아 떠나게 됐다고 자신의 달라진 사정을 알렸다. 이렇게 미리 알리는 정도가 그에게는 친분을 드러내는 방식인 줄 우리는 알고 있다.

헤아려보니 그와 나는 이 직장에서 20년 가까이 일했다. 함께 일했다고는 하지만 J나 나나, 그와는 같은 부서에서 2년 정도 일했을 뿐이다. 그 후론 간혹 복도나 엘리베이터에서 마주치면 반갑게 안부를 묻는 정도였다. 그래도 한 사람의 됨됨이를 알기에 2년이 짧은 시간은 아니다. 그가 보여준 일에 대한 담백한 진심은 닮고도 싶었다. 그래서일까. 떠난다니 좀 서운했다.

직장에는 새로 들어오는 신입 직원이 적지 않다. 인사 부서에선 신입 직원과 함께 다니며 그가 누구인지 소개도 한다. 잘 부탁드립니다. 신입은 떨리는 듯 공손히 인사하지만 목소리에선 설렘과 활기가 느껴진다. 오래지 않아 복도에서 모르는 얼굴을 마주한다. 그가 먼저 인사한다. 나도 반사적으로 꾸벅한다. 서로 멀어질 때 생각한다. 누구였더라. 더듬어보면 지난주 인사했던 그 신입이다. 6개월을, 1년을, 아니 더 오랜 시간을 그렇게 목례만 주고받을 수도 있다. 그러면 안다고도 할 수 없고 모른다고도 할 수 없는 사이가 된다. 그래도 우리는 어딘가에선 직장 동료로 묶일 것이다. 하지만 이런 거리감으로 20년을 보았다고 하면, 그와 나는 진짜 동료일까. 스치는 것도 인연이고, 하고많은 직장 중에 같은 건물에서 일하고 있으니 제법 깊은 인연이겠지만 그래도 아직, 아니 여전히 내겐 동료가 아닌 것 같다.

직장생활이 유독 힘들 때가 있다. 일이 버거워서이기도 하지만 그보다는 이해 따위 필요 없다는 냉담한 얼굴들을 매일 마주할 때 그렇다. 아무리 애를 써도 이해는 실패하고 우리는 서로에게 계속 얼어 있다. 그럴 땐 아침에 일어나야 할 이유와 출근해야 할 이유를 찾아야 한다. 쿵짝이 잘 맞는, 자신을 알아주는 동료가 단 한 명만 있어도, 사람은 그 일터를 견딜 수 있다. 동료는 그러므로, 동료 이상이기도 하다. 그렇다면 직장에서 만난 동료는 어떻게 (말)동무가 되는가.

꽤 오랫동안 동료들의 크고 작은 경조사를 가까이서 함께 지켜보는 것이다. 간절히 원했던 공부를 한다고 먼 길 떠나는 사람, 오랜 기다림 끝에 한 계단 올라간 사람, 일터에서 몰래 연애를 잘도 하더니 마침내 한집에서 출퇴근하겠다는 결혼 발표를 하는 이들을, 때론 잔을 부딪치며 축하하는 것이다. 그러다 한잔한 김에 언젠가 당신이 내게 해주었던 그 말이 너무도 적절해서 일하는 데 큰 도움이 되었다고 털어놓는 것이다. 술이 다 깬 멀쩡한 낮에 만났는데도 고마움이 가시지 않으면, 점심도 사는 것이다. 그러다가도 서운한 일이 생기면 그땐 마음이 좀 그랬다고 푸념도 하는 것이다.

이른 나이에 황망히 세상을 떠나는 동료나, 예기치 않은 사고를 당하는 동료나, 도울 수 없는 사연이 생겨 멀리 떠나는 동료를 보면서는 함께 슬퍼하고 안타까워하고 축복도 비는 것이다. 한마음까지는 아니어도 같은 결의 감정을 느끼며 시간을 보내는 것이다.

서운함이 냉기로 뭉쳤는지 몸에 살짝 한기가 들었다. 손끝을 타고 온기가 가슴으로 올라올 때까지 따뜻한 물에 오래도록 손을 씻었다. 물이 아깝다는 생각만 잠시 내려놓으면 되었다. 다시 자리로 돌아와 새로워진 눈으로 모니터를 보면서 쓸데없이 진심인 마음을 타박하지 않기로 했다.

동무에게 주고 싶은 노래를 헤아려본다. 너무 많아도 곤란하고 너무 없어도 난감한데. 떠오르는 노래들은 아무래도 다 묵은 것뿐이다. 시간을 노래하기 때문인가.

영국의 하드록 밴드 위시본 애시의 〈누구에게나 친구는 필요하지 않겠어〉는 1973년 발표된 명반 《위시본 포Wishbone Four》에 수록된 곡으로, 러닝 타임만 8분 22초이다. 이렇게 긴 곡은 라디오에서 선호하지 않지만 이 곡은 트윈 리드 기타 플레이가 밤에 들어도 좋을 만큼 부드럽고 감미로워서 심야 프로에선 곧잘 들려주었다. 푸른색 액자 틀에 멤버 네 사람이 미소 짓고 서 있는 이 앨범은, 떠올리기만 해도 기분이 좋아진다.

밴드의 메인 보컬이면서 베이스를 치는 마틴 터너가 전주를 지나 "Trust in me, I'll try to do Everything to help you that I can(날 믿어, 최선을 다해 너를 도울게)"라고 노래를 시작하면 그 감미로운 권유에 어느 때고 마음이 녹곤 했다.

눈雪은
영원하다

자우림, 〈꿈에〉

이제 막 11월에 접어들었는데 오늘 아침 서울엔 눈이 내렸다. 어젯밤 잠자리에 들 때 전날과는 다르게 느껴지던 한기가 반짝 눈으로 변한 걸까. 첫눈치고는 제법 굵은 눈발이 반갑고도 아까워 얼른 휴대전화를 하늘에 대고 찍어보았다. 두 눈으로 볼 땐 선명했던 눈은 사진을 확대해봐도 잘 보이지 않았다. 눈은 그렇게, 알다가도 모르겠는 세계와 사람을 닮았다.

매일 무언가 읽지 않으면 불안하다는, 자칭 활자 중독 친구가 있다. 하다못해 광고 전단지라도 읽어야 편안해진다는 친구는 뭘 물어보면 모르는 게 없었다. 근묵자흑. 먹을 가까이 하면 검어진다 했으니, 우리는 서로의 도서 목록을 교환해 책을 읽기 시작했다. 다양한 분야의 책들이 있었으나 내 마음이 더 가는 쪽은 아무래도 문학이었는데, 거기엔 내가 본 적 없던 이야기가 있었다. 벌써 스무 해 전의 일이다. 그때부터 그 소설가의 작품은 빠짐없이 읽었다.

간혹 작가와의 만남도 열리는 것 같았다. 가까이서 보고 싶은 마음에 신청 페이지에도 들어가보았지만 용기가 나지 않아 그만두었다. 다만 그의 신작이 나오길 기다렸고, 출간 소식이 들리면 서점으로 달려갔다. 할인해주는 온라인 주문보다 서점에 직접 달려가 들고 오는 게 좋았다. 매대에 고르게 놓인 신작들을 쓱 어루만진 뒤 몇 권을 집어드는 기분은 온라인 구매로는 살 수 없는 것이었다.

책을 손에 넣은 날 밤, 늦게까지 다 읽고 마지막 장을 덮는다. 단지 그뿐인데도, 다음 날 내 세계는 또 조금 달라져 있다. 이 세계를 믿어도 좋을 것인가, 회의하는 중인데 작가가 그런다. 아직 그래봄 직하지 않느냐고, 혹은 당신 역시 목하 고민 중이라고. 그러면 한동안은 내가 속한 이곳이 견딜 만했다.

그러던 내게 어느 해 여름 그를 인터뷰할 기회가 주어졌으니, 사람들 말대로 세상은 오래 살고 볼 일이다. 하지만 그때도 두 시간 남짓한 작가와의 만남이 내게 어떤 의미로 남았는지는 몰랐다.

그는 시인 백석의 이야기를 소설로 짓게 된 연유에 대해 들려주었다. 작가로서 30년이 넘도록 오로지 '쓰는 일'만 생각해왔으나 작가가 쓰지 않는다는 것, 도저히 쓸 수 없겠다고 마음먹는 일이 무엇일지 주인공 '기행'을 통해 가늠해보고 싶었다 한다. 더불어, 아무리 깨끗해도 결국은 훼손될 수밖에 없는 순결함, 눈雪에 대해 말했다.

흰 눈은 생명의 순수함처럼 아름답지만 너무나 연약하여 금방 녹고, 찰나적으로 바뀌고, 한번 밟히면 훼손돼버리는 것이다. 그와 같이 사람도 절대로 양보할 수 없는 무언가를 지키려는 중에 한 번은 망가진다. 이전 같지 않아진 것을 되돌리려 안간힘을 써보지만 소용없는데, 『일곱 해의 마지막』의 기행도 그렇게 어느 순간 훼손됐고 다시는 이전 세계로 돌아갈 수 없는 사람이 되었다.

그날 이후 나는 이 '훼손'에 사로잡혔다. 그러나 생각에 생각을 거듭해도 무엇 때문에 망가진 '내'가 아니라, 내가 망가뜨리고 도망쳐 나온 '세계'만이 의식의 수면 위로 떠올랐다. 인생의 쓴맛을 느끼는 미각이 예민해지는 만큼 타인의 아픔을 느끼는 통점도 점점 넓어지는 사람이 되고 싶었지만, 돌아보면 나는 늘 관계를 훼손하는 쪽에 가까웠다. 나로 인해 다친 사람들이 있으니 지금이라도 찾아가서 용서를 빌어야겠으나 이제 그곳은 안전한 기억의 공간이 돼버려 그럴 수도 없다. 다만 기억은 나날이 두터워지고 견고해져서 어떤 성능 좋은 장비를 가져와 부수려 해도 허물어지지 않는다.

문학은, 훼손되었다는 자기 연민의 좁은 틀에서 벗어나 찰나 같아 보여도 사람의 생애보다 긴 눈의 영원성을 보라고 일

깨우지만, 어느 날은 아무리 해도 그 기억에서 놓여나기 어려웠다. 달라붙어 떨어지지 않으려 한다면 도리 없이 괴로워야 한다고 마무리 짓는 것으로 이 내전은 휴전에 들었다.

티 없이 맑고 밝은 노래를 부를 때에도 김윤아의 목소리에는 슬픔이 묻어난다. 그런 그녀가 심연의 한가운데에 머물겠다고 작정하고 노래하기 시작하면 어찌 해도 빠져나오기 어렵다. 어느 날, 어떤 지독한 꿈을 꾸었기에 이런 노래를 만들었을까. 듣지 않을 도리가 없어 듣고 또 들었다.

그 헛간이 내 것은
아니었지만

시거렛 애프터 섹스Cigarettes After Sex
〈선세츠Sunsetz〉

이창동 감독은 무라카미 하루키의 소설집 『반딧불이』에 수록된 단편 「헛간을 태우다」에 영감을 받아 「버닝」을 만들었다고 한다. 소설과 영화 모두 흥미롭지만, 여기선 원작에 대해 말하고 싶다.

소설 속 화자인 '나'는 (하루키처럼) 음악에 조예가 깊고 달리기를 즐기는 소설가다. 열두 살 연하의 여자를 편안하게 (?) 만나는 '나'는, 아내가 집을 비운 어느 날 그녀로부터 집에 들르겠다는 연락을 받는다. 그녀는 북아프리카에 갔다가 만났다는 남자친구와 함께 온다. 남자친구 집에 또 다른 남자친구를 데리고 온 것인데, 그녀는 맥주를 마시고 마리화나까지 피우더니 이내 잠들어버린다. 그녀가 독자의 시야에서 그렇게 사라지고 나면 남겨진 두 남자 사이에는 미묘한 기운이 감돈다.

A가(남자를 A라 하자) 말문을 연다. "가끔씩 헛간을 태운답니다."(64쪽) '나'는 자칫하면 실형을 받을지도 모르는 그 일에 대해 털어놓는 A가 의아하다. 헌데 A는 "당신은 소설을 쓰는 사람이니 인간의 행동 양식 같은 걸 잘 알지 않을까 생각했습니다. 그리고 저는 소설가란 어떤 사물에 대한 판단을 내리기 전에 그 사물을 있는 그대로 즐기는 사람이라고 생각했습니다"(67쪽)라고 한다. 그러자 '나'는 "자네는 아마도 일류 작가 얘기를 하는 것 같군"이라며 너스레를 떤다.

"비가 온다. 강이 넘친다. 무언가가 떠내려간다. 비가 뭔가를 판단합니까?"(68쪽) A는 그렇게 아리송한 말을 하더니, 오늘 당신에게 온 까닭은 당신 집 주변에 태울 만한 헛간이 있는지 사전답사를 하기 위함이었다고 한다.(무라카미 하루키, 「헛간을 태우다」, 『반딧불이』, 권남희 옮김, 문학동네, 2010)

그날 이후 '나'는 마을 지도를 구해 A가 말한 헛간이 있을 만한 곳을 모조리 표시하고 아침마다 조깅을 하며 간밤에 혹시 불타버린 헛간이 있는지 살핀다. A가 시킨 것도 아닌데 무려 한 달 동안 '나'는 수색병처럼 재로 변한 헛간을 찾아 헤매는 것이다. 하지만 아무리 둘러보고 기다려봐도 불탄 헛간 따원 없다. 이제 '나'는 당황스럽다.

살다보면 이와 비슷한 순간이 있지 않나. 헛간은 A의 것이었는데 어느 결에 '나'의 것이 돼버리고 만 상황처럼, 어떤 질문은 내 안에서 일어난 것이 아니었는데 누가 그 이야기를 꺼낸 뒤 내 고민이 돼버린다거나, 아니면 김금희의 『너무 한낮의 연애』의 그 남자처럼 상대에게 조금도 관심이 없었는데, 상대가 너에게 관심 있어라고 고백한 뒤부턴 매일같이 신경 쓰인다거나. 이전까진 없었는데 누군가, 무엇인가가 내 안에 들어와 혼란에 빠져버리는 상황 말이다. 헛간이 실제로 불탔는지 그렇지 않은지는 중요하지 않다. '실체'가 무엇인지는 모르지만 무언가 스며들었고, 화학 반응이 일어난 것만이 '실재'한다. 그렇다면 헛간은 이제 막 시작된 혼돈이나 끝 모를 기다림의 비유인 걸까.

A와 같진 않아도 A와 유사한 질문을 던지는 친구는 있다. 뒤섞여서 갈피를 잡을 수 없는 상태를 두려워하면서도, 오로지 그 미지의 세계에만 이끌리는 사람. 연극과 글쓰기를 병행하는 친구는 골형성부전증 장애가 있다. 연극할 때의 그는 자신을 옥죄는 그 모든 현실, 정확히는 휠체어에 담긴 자기 몸으로부터 빠져나오기 위해 사력을 다한다.

그는 글도 자신의 몸에서 뽑아내는 것처럼 쓰는데 이는 아마 그의 말처럼 "정체성과 장애인 문제를 사회적 차원으로 고민하기 시작"한 순간부터 불가피했을 것이다. 그의 글은 단단하면서도 결마다 어떤 슬픔이 배어 있어 금방 잊히지 않는다. 그리고 꽤 시간이 지난 뒤에야 나는 잘 읽었다는 말 대신 요

127

새 잠은 좀 자느냐는 문자를 보낸다.

글로 말하는 작가에게 잘 읽었다는 인사가 아닌 몸의 안부를 묻는 것이 별로라는 걸 알면서도, 어느 때 보면 그는 자신의 생을 빨리 소모하지 못해 안달이 난 사람처럼 보이는 까닭에 그런 글을 쓰느라 자신을 또 얼마나 닦아세웠을지 걱정이 앞서는 것이다.

언젠가 내가 그의 이런 면을 타박하자 그는 (나 같은) 사람의 생이 길면 얼마나 길겠냐는 식으로 웃어넘겼다. 내게는 그 말이 노화나 장애 그리고 질병의 폴더 안에 담긴 의학적인 보고를 늘 염두에 두고 사는 사람이 자기 상태를 대수롭지 않게 대하고 싶어서 하는 말처럼 들렸다.

우리가 노인이 된 미래의 어느 날을 그려본다. 여기저기 안 아픈 곳이 없는 우리는 오래전에 나눈 이 대화를 기억해내고는, 그때 우리 사는 게 뭔지도 모르면서 허망하고 쓸쓸했다고 회고부터 해버린 어린 노인들 같았다고 서로 (비)웃을 수 있으면 좋겠다.

생을 감사한 줄 모르고 당연하다 여기며 낭비하던 시절이 있었다고. 젊음은 눈부시니까 생기가 했을 뿐 우리가 한 일은 아니었는데, 그땐 몰라서 마구 썼지만 사라진 지금은 생에 대한 감각이 얼마나 귀한 것인지 진실로 안다고. 이런 대화를 나누고 싶은 그날에는 팝 밴드 시거렛 애프터 섹스의 노래를 듣고 싶다. 그들이 만들어내는 음악 공간에는 바람 없이 온통 나른하고 몽롱한 기운만이 안개처럼 자욱할 것이므로, 설혹 태울 헛간이 남아 있다 해도 불은 붙는가 싶다가 부스스 꺼지고 말 것이다.

해가 지고 너의 목소리를 듣고 싶을 뿐이라는 〈선세츠Sunsetz〉를 함께 듣다보면 불타는 노을을 등지고 이편으로 걸어오는 사람의 환영이 보일지도 모르겠다.

다하고 서버리면
담백함

이난영, 〈다방의 푸른 꿈〉

Since 1946이라고 적힌 이 시계방은, 상점 안이 훤히 들여다보이는 통유리로 돼 있어 어느 날은 너무 잘 보였고, 어느 날은 아예 안 보였다. 늘 나이 지긋한 아저씨가 앉아 계셨는데 어느 날부턴 젊은이가 보였다. 흔한 궁금증, 아들인가. 매번 지나치기만 했는데 그날은 이 시계방에 볼일이 생겼다.

오래전 중고 매장에서 구입한 메탈 시계를 좋아해서 아껴 차왔는데 어느 날 보니 시계가 죽어 있었다. 그가 조그만 핀셋으로 시계 뒤판을 열고 눈금이 보이는 작은 사각형에 딸린 뾰족한 집게를 배터리에 물리니 바늘이 왼쪽에서 오른쪽으로 휙 하고 돌았다. 모르는 사람이 봐도 이건 약이 남아돈다는 뜻이겠다. 그는 배터리 문제가 아닌 것 같고 시계 수명이 다된

거 같은데, 임시방편으로 손은 보겠지만 며칠이나 갈지 모르니 다시 서면 그땐 새걸 마련하라고 했다. 하지만 그가 손본 시계는 몇 번의 계절이 지난 지금도 잘만 간다.

오늘 아침엔 가죽 시계를 차고 나왔는데 줄을 끼워넣는 밴드 루프가 풀려 너덜거렸다. 지나는 길이기도 했고, 그때 그가 보여준 어떤 담백함이 기억에 남아 다시 출입문을 밀고 들어갔다.

그 흔한 인사조차 없이 바로 시계를 받아들더니 끊어진 부분에 접착제를 발라주며 말했다. 지금은 붙여두는데요, 좀 지나면 떨어질지도 몰라요. 이 정도로 새로 사긴 뭐하니까 또 그러면 그땐 검은 실로 여기 안쪽을 꿰매세요.

그는 염려 붙들어 매세요, 라거나 다시 떨어질 일 없을 겁니다, 라고 말하지 않았다. 더하지도 덜하지도 않게 자신의 처방은 최대한 작게 말하고, 대비책은 꼼꼼히 일러준다. 움츠러드는 자세는 아닌데 몸에 밴 겸손 때문인지 몸짓이 작았다. 사례도 마다했다.

오랜만에 신은 구두가 살짝 불편했다. 구두 뒤축을 보니 한쪽이 많이 닳아 축을 받쳐주는 못이 훤히 드러나 있다. 그러고 보니 시계점에서 멀지 않은 곳에 구둣방이 있었는데. 혹시나 해서 가보았더니 아저씨는 여전히 계셨고 나를 알아보시고는 반가워한다.

131

굽을 가는 아저씨의 손놀림이 너무나 가벼워 그만 여쭙고 말았다. 이 일을 얼마나 오래 하셨냐고. 아저씨는 구두만 매만질 뿐 말씀이 없다. 멋쩍어진 내가 잠자코 있자니 80년부터 했지 아마, 하신다. 80년. 1980년요? 더 놀라운 건 그다음이었다. 잠시 후 이 조그마한 가게 벽에 달린 단파 라디오에서는 더 오래된 노래가 흘러나왔으니, 〈목포의 눈물〉로 유명한 이난영의 노래 〈다방의 푸른 꿈〉이 아닌가.

1930년대 후반, 월북 작가 조명암이 가사를 짓고 작곡가보다 이난영의 남편으로 더 알려진 김해송이 곡을 썼다. 재즈를 '짜-즈'라 부르던 시절, 이난영은 이 노래를 담배까지 물고 불렀다는 글을 어디선가 읽은 적이 있는데, 참으로 믿거나 말거나 같은 옛날이여. 오래된 구둣방에서 흘러나오는 오래된 노래를 듣고 있자니 이상하고도 좋은 기분에 젖어든다. 이난영의 노래는 거의 자동으로 1914년생인 나의 할머니를 모셔왔으니, 잠깐만 할머니를 만나고 오자.

남의 집 일 해주는 고단한 하루가 저물면 할머니는 꼭 내게 소주 심부름을 시켰다. 부름을 받은 나는 늘 가는 구멍가게로 달려가 대접을 내민다. 그러면 아주머니는 소주 100원어치를 부어주며 조심히 들고 가라는 말을 잊지 않는다. 대접에서 찰랑거리는 소주를 한 방울도 흘리지 않고 집에 잘 들고 오는 게 내 저녁 임무였다. 대접을 건네기가 무섭게 소주를 들이켜고 나면 할머니는 이난영의 〈목포의 눈물〉을 부르셨다. 아주 '뽕끼' 충만하게.

궁금했다. 내가 할머니 나이쯤 되면 나도 〈목포의 눈물〉을 부를까. 아니라면 일과를 마치고 부르는 내 노래, 내 뽕짝은 무엇이려나. 대개는 어릴 때 듣던 노래가 자신의 '뽕짝'이 되는 것 같은데, 그렇다면 내 뽕짝은 조용필, 이은하, 송골매일 테고 좀더 가면 산울림, 들국화, 부활, 시나위가 될 것이다. 내가 만일 운이 좋아 일흔까지 산다면 그때 가족이나 친구들 모임에서 흥에 겨운 나머지 젓가락을 두드리며 들국화의 〈제발〉이나 시나위의 〈크게 라디오를 켜고〉를 부르게 될까.

다시 현재로 돌아오면, 시계방은 1946년부터 영업을 시작했다 하고, 아저씨는 이 자리에서 40년 넘게 일하고 있다. 한 길을 오래 걷는 사람들에게 갖는 존경심은 여전하고 할 수만 있다면 나도 그러고 싶지만, 서울 한복판에서 아주 작은 시계를 열어 고치는 이의 한결같음과 매일 사람들의 구두를 닦는 이의 변함없음을 감히 따라할 수나 있을까.

시계방과 구둣방 그리고 인생의 모양새를 생각한다. 배터리가 다 되면 서버리는 시계, 걸은 만큼 축이 닳아 없어지는 구두는 담백하기까지 하다. 시계방, 구둣방 지기들은 가장 정직한 것들을 고치다 그 물건의 속성까지 닮아버린 걸까. 그건 그렇고 90년 전에 만들어졌지만 지금 들어도 좋기만 한 〈다방의 푸른 꿈〉은, 제목에 '푸른'이 들어간 까닭에 늙지도 낡지도 않는 걸까.

마루 밑 어딘가에 몸을 숨기고,
당신 곁에

고양이의 보은 OST
〈바람이 되어〉

고양이 집사 친구들이 고양이와 눈을 맞추며 정겹게 지내는 걸 보면 나도 저럴 수 있을까 싶다. 벽에는 녀석과 내가 함께 찍힌 사진이 붙어 있다. 나는 책상에서 일을 하고, 녀석은 긴 소파에 나른하게 누워 게슴츠레한 눈으로 내 쪽을 보고 있다. 어느 날, 그런 생각 끝에 잠이 들었다. 꿈속에 푸른 눈의 고양이가 나타났다. 침대에 누워 있는 내게 다가오더니 내 옆에 길게 눕는다. 녀석의 몸은 따뜻하고 부드럽다. 이상한 안도감에 조금 울었던 것 같다.

무릎 수술 뒤 엄마는 통증에서 헤어나지 못하고 있다. 전화만 걸면 신음을 뱉어냈다. 그 소리가 빨리 안 와보고 뭐하고 있냐는 채근처럼 들렸다. 주말엔 늘 쉬고 싶지만 그 마음을 접고 열차에 올랐다.

허술하게 잠긴 대문을 열고 들어설 때 눈에 들어온 건 마당에 매인 풍산개 구름이가 아니라, 본 적 없는 까만 고양이였다. 동네를 순찰 중인 모양인데 나와 눈이 마주치자 녀석은 휙 하고 뒤뜰로 사라졌다. 현관에 들어서며 고양이를 보았다고 하자 엄마는 요즘 그러잖아도 아버지가 고양이를 키우고 싶어 하는데 저 녀석을 잡아(?) 우리가 거두면 좋겠다고 했다. 아, 도무지 무슨 말씀이신지.

집에 머무는 이틀 동안 녀석과 다시 마주치길 바랐지만 떠나올 때까지 보지 못했다. 바깥바람을 쐬고 싶어하는 엄마를 차에 태워 시골 장에 가서 고기를 뜨고 부식거리를 샀다. 몇 끼니를 해먹었고 구름이와는 두어 번 긴 산책을 했다. 일요일 오후 늦게 서울에 왔다. 온몸이 쑤셨지만 마음이 무겁고 몸이 가벼운 거보다는 나았다.

반복되는 입원과 퇴원처럼 신선함이 떨어지는 일이 또 있을까. 퇴원한 지 2주 만에 엄마는 다시 병원에 입원했다. 안쓰러웠지만 바쁘기도 했고 무엇보다 다시 내려갈 엄두가 안 났다.

엄마가 재입원하고 사흘째 되던 날, 저녁 예배를 보러 나갔다는 아빠와 아무리 해도 연락이 닿지 않는다는 전화가 왔다. 엄마는 엄살이 좀 있고 호들갑도 떠는 편이지만, 아빠와 통화가 되지 않는다고 말할 때는 너무나 차분해서 이상한 기

135

분이 들었다.

교회에서 집으로 꺾이는 길에는 가로등이 없는데 그 사거리가 위험하니 조심해야 한다고, 평소에도 아버지께 신신당부했다 한다. 아마도 그 길에서 무슨 일이 생겼는지 모르겠다고 엄마는 앞질러 그림을 그렸다. 그 생각이 방정맞다 여기면서도 그런 말은 한번 듣고 나면 놓여나기가 쉽지 않으니 괴로웠다. 캄캄한 그 사거리가 벌써 내 눈앞에도 펼쳐지고 있었다. 집에 들러줄 이웃이 있느냐고 물었지만 시골은 8시만 넘으면 한밤중이라 다 자고 있을 것이라고 했다. 어쩐다······.

집에서 가장 가까운 파출소를 검색해 통화 버튼을 눌렀다. 자기가 누구라고 빠르게 소개하는데 내게는 맨 끝의 순경이라는 말만 들렸다. 순경이시구나, 일단 죄송하다 하고 간단한 설명 끝에 아버지에게 좀 가봐줄 수 있는지 물었다. 순경은 아버지 출생 연도며 몇 가지를 더 물었다. 순경은 이제는 빠르지도 느리지도 않은 목소리로 '사건'을 '접수'했다며 지금 가보겠다고 했다.

30분쯤 후 전화가 왔다. 그는 아버님 차량이 집 앞에 '얌전히' 세워져 있다고 했다. 얌전히는 삐뚤지 않게 반듯하게 주차가 돼 있다는 거고, 이 정도면 아버지는 집에 잘 도착하셨고, 어쩌면 오늘만 예외적으로 일찍 잠드셨을지도 모르며, 전화를 못 받는 건 예배 시간에 전화를 묵음으로 해놓고 소리로 푸는 걸 잊어버렸다는 것일 수도 있다. 하지만 만에 하나, 아니라면? 다시금 미안하지만 대문을 두드려서 아버지가 안에서 나오시는 것만 확인해줄 수 없겠냐고 물었다. 순경은 아버지가 평소 지병이 있느냐고 물었다. 나는 그렇진 않지만 노인들의 평소 건강 상태라는 건 그다지 의미 없지 않느냐고 되물었다. 그는 동의하는 것 같았다. 그는 대문을 정말 쾅쾅 두드렸다. 그 소리는 전화기 너머로 내게도 선명히 들렸다. 잠시 후 컹컹 짖는 구름이 소리가 들렸다. 구름이는 모르는 사람 앞에서 사력을 다해 짖고 있었다. 아, 구름아…….

그렇게 두드리는데도 안에서 아무런 기척이 없다 하고, 구름이 짖는 소리는 더 커졌다. 애가 타들어가는데 순경이 갑자기 그런다. 아버지가 눈을 비비며 나오셨다고. 그러면서 아버지를 바꾸어준다. 뭐라고 말씀하시는데 잘 들리지 않았고 이상하게 설움이 복받쳤다. 소동은 그렇게 끝이 났다.

아무도 없는 곳에 혼자 있다가 자신도 모르게 숨이 멎는 상태. 아버지는 누구 하나 괴롭히지 않고 당신도 길게 고통받지 않고 떠날 수 있으니 만일 하나님이 당신의 숨을 그렇게 거두어가신다면 당신을 사랑하심을 알겠노라고 한다. 하지만 자식 입장에선 그게 또, 에휴.

시골집 주변을 어슬렁거리던 까만 고양이를 생각한다. 녀석이 아버지가 마련해둔 토방 마루나 텃밭 옆에 놓인 의자 아래 혹은 아버지가 연장을 놓아두는 작은 창고에 놀러 오면 좋겠다. 한번씩 와서는 아버지와도 눈 맞추었으면.

놀란 가슴은 다 쓸어내렸으니 영화 「고양이의 보은」에 흐르던 〈바람이 되어〉를 틀어놓고 나도 잠들 채비를 했다. 꿈에서 우리의 주인공 '하루'를 돕던 고양이 왕국의 남작 '바론'을 만나길 바라면서. 내일은 우쿨렐레를 치면서 이 노래를 불러봐야겠다.

당신에게는
어떤 사람?

윤상, 〈어떤 사람 A〉

아는 사람이 어디서 뭐 하냐고, 별일 없으면 밥이나 먹자고 한다. 약속은 없지만 내키지 않아 다음에 하자고 했다. 전화 받기 전까진 아무렇지 않았는데 끊고 나니 바람이 들어온 모양인지 마음이 시렸다.

괜스레 휴대전화에 저장된 이름을 천천히 쓸어올려보았다. 전화번호부에는 가족과 친구들이 있고 업무로 알게 된 사람들이 있고, 한때는 전부였던 사람이 있다. 그때가 언젠데 여태 번호를 가지고 있을까. 하긴 전화기를 바꾸어도 이전 기기에 저장된 번호를 고스란히 내려받아왔으니 그럴 만하다. 이제라도 지워야 할까, 고민하지만 삭제 버튼을 누르진 못한다. 지우려는 건 아직도 의식하고 있다는 거야. 말도 안 되는 이유를 들어 그냥 둔다. 이 사람, 이번에도 용케 살아남았네.

7년 전 고인이 되어 언니 없는 내게 우산이 돼주던 사람도 있다. 후덕한 얼굴이 자신의 매력이라고 자찬하곤 했는데, 두 번의 암 투병은 언니를 바짝 말려서 영정사진 속 얼굴은 날카로워 보이기까지 했다. 뒤늦게 식장에 온 누군가가 사진에 대고 생전에 원했던 얼굴을 가졌으니 이제 소원 풀었냐고 따지듯 물어서 나란히 서 있던 우리는 울다 웃다 했다. 언니 번호도 지울 수 없을 것이다.

공저를 낸 후배 이름에도 눈길이 머문다. 함께 서간집을 묶기도 했으니 그녀와는 수없이 많은 편지를 주고받아왔지만, 그녀의 연인이 세상을 떠난 이후 보내온 기다란 편지는 아무래도 잊히지 않는다. 편지를 쓴 사람도 있는데 읽는 사람이 뭐가 어려울까. 그런데도 몇 번이고 끊어 읽어야 했던 그 편지에는 눈물과 한숨 그리고 불면의 밤들이 어려 있었다. 가신 이를 잘 보내드리자는 마음으로 후배와 나는 그해 겨울 단출하게 짐을 꾸려 남도로 향했다. 평지 가운데 있어 도무지 절터 같지 않은 실상사는 예전처럼 그 자리에 있었다. 여전한 것이 주는 안도감을 어디에 비할까.

우리는 두 날 두 밤을 실상사 안 손님방에 머물렀다. 뜨끈한 아랫목에 누워 두런두런 이야기를 나누었고, 밤이 오면 차가운 하늘에 박힌 별을 보았다. 밤이 더 깊어지고 우리 말소리도 잦아들면 창호지 문을 흔드는 바람 소리만 더 또렷이 들렸다. 돌아누운 후배의 등이 서늘해 보여 안아주었더니 휴 한 숨을 내쉬었다. 그 사람이 꼭 이렇게 안아주었다면서. 멋쩍어 서 두른 팔을 떼려니까 그대로 있어달라 했다. 그 밤이 가끔 생각난다.

오래 보아온 동무들도 쓸려올라간다. 서로에게 친절하고 유쾌한 사이. 우리는 상대를 매끄럽게 이해하지만 우리가 주 고받는 어떤 말들에는 마음이 하나도 들어 있지 않아서 깜짝 놀랄 때도 있다. 그럴 땐 더 어렸던 여고 시절로 간다. 서로에 게 너무 뜨거워서 조금의 양보도 없던 시절, 친구가 나를 더 는 원하지 않는다고 느낄 때, 그의 마음이 다른 친구에게 가 버렸을 땐 맡겨놓은 마음을 빼앗긴 듯 억울해서 되돌려줄 것 을 요구했다. 그러면 친구는 영화 「벌새」의 주인공 후배처럼 "언니, 그건 지난 학기 일이잖아요" 하고는 떠나버리는 것이다. 하지만 우리는 어른이 되었으니까, 그런 걸로는 이제 슬퍼하지 않는다. 그보다는 우리 중에 조금 넉넉한 친구가 밥값을 모두 치를 때 우정을 느낀다.

전화기에 누가 들어 있든 나는 그들과 다소 무관하게 살고 있다. 이 말이 이상해도 지금으로선 맞다. 최근 몇 년 동안 나 는 어두운 현재를 이겨내보려는 다짐과 모든 것을 놓아버리고 싶은 체념 사이에서 부대껴왔다. 그래도 언젠가는 이 터널을 벗어날 것이다.

퇴근하고도 여전히 볕이 좋은 여름 저녁 6시에서 7시 사

141

이, 나는 나에게마저 생소한 얼굴을 하고 모르는 사람들 사이를 걷는다. 그럴 때 나는 내가 안심되고 좋아서 윤상의 〈어떤 사람 A〉를 반복해 듣는다. 노랫말 속 어떤 사람은 먼저 무대를 내려와 화장을 지우는 사람이고, 다른 사람을 위한 무대에서 언제나 지나가는 사람일 뿐이지만 쓸쓸해 보이진 않는다. 그는 그저 자신을 살 뿐이다. 당신 휴대전화에 사는, 그 사람들은 누구인가. 당신 마음에는 어떤 파문을 일으키는가.

가만히
귀를 기울이면

박성연, 〈바람이 부네요〉

리듬

　하루 중 음악을 가장 편안하게 듣는 시간은 퇴근길이지만 출근길 패턴도 비슷하다. 집을 나선 후 버스 정류장에 이르기까지, 버스를 타고 정거장에 내리기까지, 일터로 걸어가는 시간까지 어림잡아 1시간 가까이 나는 이런저런 노래를 듣는다. 내 친구 알고리즘이 어제 내가 들은 노래와 유사한 장르의 노래를 아침밥처럼 마련해놓는다. 고맙게 넙죽 받아먹을 때도 있지만 어떤 땐 좀 빤한 게 싫기도 하고 내 취향에 내가 물리기도 해서, 아예 다른 장르를 마구 섞어버릴 때도 있다.

　어제는 K팝만 줄곧 듣다가 오늘은 황병기의 거문고를

들고, 사나흘 뒤엔 바로크 클래식만 듣다가 또 며칠 뒤엔 1930년대 빅밴드를 찾아 듣는 식. 그렇게 몇백 년의 시공간을 넘나들고 나면 알고리즘은 또 그 분야의 다른 곡들을 열심히 찾아준다. 며칠 거리를 두다 들어가보면 '민아님의 방'이 만들어져 있다. 현실에는 내 이름으로 된 번듯한 집 한 채 없어도, 음악으로만은 제국에 사는 것이다. 그날의 기분에 따라 당대 최고의 뮤지션들을 모아보면 플레이리스트에서 저마다의 순서를 기다리고 있다. 놀랍지 않은가? 그게 뭐 또 놀랄 정도냐고? 그래봐야 알고리즘에 조정당하고 있을 뿐이라고? 그렇대도, 좋은걸 어떡하나요.

오디오북을 듣는 날도 있다. 여러 번 듣다보면 어떤 문장은 외워진다. 배우들이 들려주는 단편소설은, 짧게는 20분에서 길게는 50분 정도로 출퇴근길에 듣기 딱 알맞은 정도여서 좋다. 이어폰을 꽂지 않는 날도 있다. 그때는 거리에서 들려오는 소리와 리듬에 집중한다.

버스를 기다리는 중에 가로수에 앉은 새가 지저귀는 소리, 해가 쨍한 아침이라면 바람이 나뭇잎을 스치고 지날 때 부서지는 빛 소리도 들을 수 있다(아주 잘 들어야 한다). 버스가 바람을 가르며 달려오는 소리, 브레이크를 잡을 때 끼이익 멈추는 소리, 버스에 오르는 사람들의 부산한 발자국 소리, 버스 카드를 댈 때 삑 소리 후 마스크를 착용해주세요, 하는 여자 목소리, 부저가 울리는 소리, 사람들이 버스에서 내리고 버스

뒷문이 닫히는 소리를 듣는다.

횡단보도 앞에 서서 신호가 바뀌길 기다린다. 이쪽에서 바아앙 하고 내 앞을 지나쳐 저쪽으로 부아앙 하고 멀어지는 소리, 확성기에서 흘러나오는 예수 믿고 천국 가세요도 들린다. 이윽고 파란불이 들어오면 사람들이 간발의 차로 발을 떼고 횡단보도에 들어서는 소리를 듣는다. 때로 이 소리들은 한데 섞여 여러 채널에 연결된 스피커가 한꺼번에 울리는 것처럼 들리기도 한다.

부지런히 걸어가는 내 발자국 소리에 집중할 때 오픈 준비를 하는 마트 앞에 선 트럭에서 커다란 박스를 으쌰 하고 들어서는 턱턱 내리는 소리가 들린다. 마트 안에 있는 남자가 뒤로 좀더 바짝 대세요, 하면 운전석에 앉아 있던 기사분이 오케이라고 크게 외치고는 차를 후진시킨다. 차가 뒤로 빠질 때 삑, 삑 하는 경고음이 들린다.

이 모든 소리는 역시 불연속적이지만 자세히 들어보면 박동과 리듬이 있다. 어떤 소리는 높고 어떤 소리는 낮으며, 이 소리는 빠르고 저 소리는 느리고, 어떤 소리는 길고 어떤 소리는 짧다. 소리는 단일하게 끊겨서 들릴 수도 있고 복잡하게 뒤섞여서 들릴 수도 있는데, 얼결에 화음을 띠기도 하고 어려운 추상화처럼 불협화음을 이루기도 한다. 저 소리가 무엇인가 골똘해지다보면 소리는 곧 리듬이요, 리듬은 곧 생활이어서 생활을 지속한다는 것은, 리듬이 끊이지 않는 것임을 알게 된다. 생활 리듬의 지속이 곧 생계를 이어가는 일임을 나는 매일 거리에서 본다.

속도

어느 순간 소리는 잦아들고, 당연히 미동마저 사라져 들리는 것이라곤 갓난아이처럼 낮은 숨결뿐이다. 그 소리는 분명 몸 안에서 나오는 바람 소리겠으나, 가늘고 마른 목을 통과해 몸 밖으로 뿜어져나오는 바람은 다시 그 입을 통과해 어두운 몸 안으로 빨려들어간다. 할머니는 그렇게 들숨과 날숨을 거칠게 반복해서 쉬고 있다. 이때는 할머니 방 안을 가득 메우던 텔레비전 소리도 없고 반쯤 열린 창문 사이로 들려오는 새 소리만 간간이 들릴 뿐이다.

열다섯에 시집오고 보니 거둬 먹여야 할 도련님만 다섯인 큰집에서, 어린 소녀는 밥과 빨래를 해대느라 손이 부르트고 다리가 퉁퉁 부었다. 밤새 끙끙대고 잠들지 못하는, 아내라기엔 너무 어린 소녀를 일으켜 대문 뒤 광으로 데려간 건 할아버지였다. 할아버지는 담배 한 개비를 어린 아내에게 건네며, 피워봐, 잘 수 있을 거야, 했다. 그날 이후 여든셋 숨을 거두기까지 할머니는 담배를 피웠다. 백 원짜리 환희, 이백 원짜리 청자, 오백 원짜리 장미까지 기억난다. 술 심부름에 이어 담배 심부름도 내 몫이었다. 골초 할머니가 내쉬는 숨에서는 담배 냄새가 났다.

잠든 할머니를 보고 서울로 올라왔고 무슨 일엔가 바빴으므로 잠시 할머니를 잊었다. 할머니가 오늘내일하신다는 전갈을 다시 받고 버스를 타고 고향으로 내려가는 길에 나는 이난영과 〈목포의 눈물〉을 떠올렸다.

할머니 코와 입에 연결된 커다란 산소통 위에 시계판 같은 게 붙어 있었고 그 아래엔 작은 물통 같은 게 매달려 있었다. 할머니 숨이 가랑가랑하면서 오르락내리락할 때마다 그 안에선 소리가 났다. 뭔가 덜덜거리며 들끓는 그 소리는, 기계에서 나는 것인지 할머니 폐에서 나는 것인지 알 수 없었다. 잠시 산소통에 달린 호스를 벗을 때도 있었다. 그러면 의식이 돌아온 할머니는 바깥에 사람이 있는지 살피고는 나를 보며 '담배'라고 했다. 나는 아버지 방에 가서 담배 한 개비를 훔친 후 내 입술에 담배를 물어 불을 붙이고는 할머니 입에 물렸다. 할머니는 한 모금도 못 빨고 기침을 토해내면서도 기침이 잦아들면 입맛을 다시는 아이처럼 또 물려달라고 입술을 달싹거렸다. 나는 할머니가 시키는 대로 했다. 하지만 젖꼭지 빨 힘도 없는 아이처럼 할머니 입술에는 힘이 하나도 없었다.

푹신한 요에 누워 있어도 앙상하게 떠 있기만 하던 할머니의 허리. 바닥에 한 번도 편편하게 닿지 않던 그 허리는, 할머니 몸에서 숨이 모조리 빠져나가자 바람 빠진 풍선처럼 바닥에 고르게 닿았다. 인간은 숨으로 채워진 존재임을 그때 알았다.

나를 참 많이도 혼내셨던 할머니. 다정함이라곤 없고 쿨하기만 했던 나의 할머니께 박성연의 이 노래를 들려드리고 싶다. 재즈 없던 이 땅에 재즈의 숨결을 불어넣고 숨을 거두기 전까지 재즈처럼 유연하게 살다 간 사람. 박성연은 늘 깊고 고요한 목소리로 이렇게 노래했다.

"산다는 건 신비한 축복, 분명한 이유가 있어."

어릴 때 올려다보았던 어른의 눈빛을 기억한다. 가까운 곳을 볼 땐 무덤덤하고 먼 곳을 응시할 땐 텅 빈 듯한 눈. 이제 굳이 거울을 들여다보지 않아도 나도 내 눈빛을 짐작할 수 있다. 어른의 그것과 크게 다르지 않고 그에 더해 언제부턴가 내 눈은 아름다운 것보다 비참하고 슬픈 장면을 더 오래 기억하고 있다. 두 눈이 본 것을 잊고 싶어서 음악에 더 귀를 기울였는지도 모르겠다.

독자께서 만일 이 부족한 책에서 조금이라도 기운을 얻으셨다면 아바ABBA처럼 '땡큐 포 더 뮤직'이라고 고백하는 사람들의 이야기를 더 찾아보는 건 어떨까. 소설가 김중혁은 『모든 게 노래』라는 책에서 일상에서 그가 붙잡고 싶은 모든 순간을

149

노래에다 끌어 붙이는 신공을 발휘해 노래에의 진심을 드러낸 바 있다. 그룹 동물원의 멤버이자 정신과 의사인 김창기는 『노래가 필요한 날』에서 고단한 일상의 기쁨과 슬픔을 노래로 매만지는 법을 알려준다. 다수의 음악 책을 펴낸 대중음악의견가 서정민갑은 주류와 비주류, 세대와 분야에 상관없이 '좋은 음악'이라면 이야기할 수밖에 없어서 쓰는 사람이다. 그의 『음악 편애: 음악을 편들다』와 『음악열애』가 특히 그렇다. 제목은 심히 의심스럽지만 그래픽 디자이너 이재민의 『청소하면서 듣는 음악』도 흥미롭다. 청소란 게 쓱 털고 싹 비우며 요란을 떠는 일인데, 그의 추천 리스트는 때론 드럼이 멈춘 뒤 여운까지를 음미해야 하는 재즈 일색인지라 도무지 어떤 곡을 청소하면서 들어야 할지 고민하게 만드니까. 하지만 이건 그냥 약이 올라서 하는 말이다. 그가 들어온 음악은 오롯이 그가 들어온 시간의 산물이라 감상으로 평하기 어렵다.

좋아하는 몇 권을 소개했을 뿐, 음악으로 자신의 속내를 내비치는 사람이 세상에 얼마나 많을지 나는 모른다. 바라기는 더 많은 사람이 자신만의 플레이리스트를 추려보는 것이다. 그런 다음 선율은 어떻게 이야기가 되(려 하)는지 소상히 들려준다면 그것만큼 서로에게 복된 일이 또 있을까.

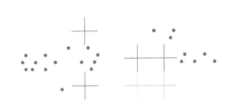

음악이 아니고서는

초판인쇄 2022년 8월 12일
초판발행 2022년 8월 19일

지은이 김민아
펴낸이 강성민
편집장 이은혜
편집 박은아
마케팅 정민호 이숙재 김도윤 한민아 정진아 이가을 우상욱 박지영 정유선
브랜딩 함유지 함근아 김희숙 박민재 박진희 정승민
제작 강신은 김동욱 임현식

펴낸곳 (주)글항아리 | 출판등록 2009년 1월 19일 제406-2009-000002호

주소 413-120 경기도 파주시 회동길 210
전자우편 bookpot@hanmail.net
전화번호 031-955-2696(마케팅) 031-955-2670(편집부)
팩스 031-955-2557

ISBN 979-11-6909-028-5 03810

www.geulhangari.com